Hiltrud Leenders/
Michael Bay/Artur Leenders

Lavendel gegen Ameisen

Toppes erster Fall

Rowohlt Taschenbuch Verlag

Originalausgabe
Veröffentlicht im Rowohlt Taschenbuch Verlag,
Reinbek bei Hamburg, Dezember 2011
Copyright © 2011 by Rowohlt Verlag GmbH,
Reinbek bei Hamburg
Umschlaggestaltung any.way, Cathrin Günther
(Abbildung: plainpicture/Arcangel)
Satz Bembo PostScript (InDesign) bei
KCS GmbH, Buchholz bei Hamburg
Druck und Bindung CPI – Clausen & Bosse, Leck
Printed in Germany
ISBN 978 3 499 25836 7

Eins «In Zukunft wird also modernste Technik unsere Freunde und Helfer bei der Arbeit unterstützen.» Der Bürgermeister blickte frohgemut in die Runde. «Und so übergebe ich hiermit die neue Leitstelle ihrer Bestimmung.»

Mit einem Lächeln trat er vom Rednerpult zurück und schüttelte dem Dienststellenleiter kamerafreundlich die Hand. Die vier anwesenden Fotografen der Provinzblättchen beeilten sich dann auch, das dekorative Motiv abzulichten.

Hauptkommissar Toppe war aus Versehen in die erste Reihe geraten. «Was für ein hohles Gerede. Auf welchem Stern lebt dieser Mann eigentlich? Noch mehr Computer, noch mehr Chaos. Die sollten lieber noch ein paar fähige Leute einstellen.»

Van Appeldorn neben ihm zuckte nur die Achseln.

«Jetzt nicht auch noch der Bergmann!», stöhnte Toppe. «Sag mal, macht dir dieser Rummel eigentlich gar nichts aus?»

«Wieso?», fragte van Appeldorn. «Ist doch wie immer.»

Toppe schüttelte den Kopf und wandte sich ab. Der Landrat würde ja wohl hoffentlich der Letzte in der Rednerreihe sein.

Möglichst unauffällig, die Hände in den Taschen seiner Cordhose, verdrückte er sich in Richtung Halle, wo das kalte Buffet aufgebaut war. Am Fenster blieb er kurz stehen und schaute hinaus.

«Sieht eigentlich gar nicht so schlecht aus, die Schwanenburg in der Morgensonne», dachte er und strich sich über den Bart. «Ein hübsches Postkartenmotiv.»

Wenn sie nur nicht damals, vor fünfzig Jahren, angefangen hätten, einen Stilbruch nach dem anderen davorzusetzen; nicht nur in London hatten die Architekten oft Schlimmeres bewirkt als die Bomber.

Vielleicht sollte er heute mit den Jungen auf den Schwanenturm steigen, wenn er schon einmal einen freien Nachmittag hatte. Seit Gabi wieder arbeitete, nahm sie sich freitags ihren «Hausfrauennachmittag». Er gewöhnte sich nur langsam daran, dass es dann an ihm war, sich um die Kinder zu kümmern.

Fürs Freibad war es heute wohl nicht warm genug, schade, sonst wäre er vielleicht endlich dazu gekommen, den Roman zu Ende zu lesen, den er vor drei Monaten angefangen hatte.

Wie auch immer, wenn der Affenzirkus hier vorbei war, würde er die Jungs bei den Schwiegereltern abholen, wo sie sich jetzt, während der Sommerferien, aus lauter Langeweile regelmäßig in den Haaren lagen. Und dann musste er irgendetwas mit ihnen unternehmen, sonst würde sein Schwiegervater ihn wieder in endlose Diskussionen über Betondecken und Stahlträger verwickeln.

War es wirklich eine so gute Idee gewesen, sich das

Baugrundstück gleich neben Gabis Elternhaus, als vorgezogenes Erbe quasi, vom Schwiegervater schenken zu lassen?

Und die Eigenleistung? Ohne Schwiegervater und dessen Beziehungen gar nicht zu schaffen.

Wenn der Bau fertig war, würden sie immer einen Babysitter haben, sicher, aber wog das alles andere auf?

Mittlerweile hatte er sich bis zum Buffet vorgearbeitet. Er hatte heroisch aufs Frühstück verzichtet, weil ihm, als er morgens vor dem Spiegel gestanden hatte, wieder einmal bewusst geworden war, dass auch eine Körpergröße von 189 cm ein Gewicht von 98 kg nicht rechtfertigen konnte.

Das Essen sah wirklich gut aus.

Zwei Serviererinnen schauten aufmerksam auf Polizeiobermeister Schwertz, der offenbar den Zeremonienmeister machte und ihnen den Startschuss zur Schlacht um Schichtsalat und Putenröllchen geben würde.

Als Toppe sich dabei ertappte, dass auch er Schwertz gespannt anstarrte, drehte er sich verärgert weg.

Die Stufen von der Zentrale herauf kam, schwungvoll wie immer, Polizeimeister van Berkel und blickte sich suchend um.

«Gott sei Dank, dass Sie so weit hinten stehen, Herr Toppe», sagte er. «Ein dringender Anruf für Sie, hört sich ganz nach einem Einsatz an.»

«Mist!»

Van Berkel grinste. «Gerade jetzt, wo es endlich was zu essen gibt, ne? So spielt das Leben.»

Toppe nickte säuerlich und folgte dem Kollegen in die Zentrale.

«Dort drüben.» Van Berkel zeigte auf die beeindruckende neue Telefonanlage.

Toppe hob den Hörer ans Ohr und vernahm nur ein dumpfes Brummen.

«Keiner dran.»

«Knöpfchen drücken, Herr Hauptkommissar», sagte der Kollege fröhlich.

«Modernste Technik», brummte Toppe und ließ den Blick über die Tastenreihen wandern.

«Links vorn, der weiße Knopf.» Van Berkel versuchte zu helfen.

Toppe drückte und meldete sich.

«Ah, Herr Toppe, gut, Wagner hier. Sieht ganz so aus, als gäb's Arbeit für Sie. Eine männliche Leiche in der Gärtnerei Welbers in Bedburg-Hau. Die grünen Kollegen meinen, es könnte sich um Mord handeln.»

«Wer sind denn die Kollegen?»

«Heiligers und Flintrop.»

Toppe räusperte sich. «Ach so, okay, ich fahre hin.»

«Brauchen Sie eine Wegbeschreibung?»

«Nein, nein, ich finde es schon», sagte Toppe bestimmt. «Und, Wagner, ich nehme Kommissar van Appeldorn gleich mit.»

Wagner lachte. «Na, dann finden Sie hin.»

«Verständigen Sie den ED?»

«Wird gemacht, Herr Toppe.»

Toppe legte auf und ging zur Tür.

«Ich bin dann weg, Herr van Berkel.»

«In Ordnung.» Van Berkels Augen blitzten kiebig.

«Soll ich Ihnen meinen Stadtplan leihen?»

Auf der Treppe kamen Toppe der Dienststellenleiter und der Bürgermeister entgegen.

«Sie müssen verstehen, Herr Hieronymus, ich würde selbstverständlich gern noch bleiben.» Der Bürgermeister lächelte. «Bei dem wunderbaren Buffet läuft einem schon das Wasser im Mund zusammen. Aber leider, die Pflicht ruft: fünfzigjähriges Bestehen des Löschzuges Brienen-Wardhausen, da muss ich mich sehen lassen, Sie kennen das vermutlich.» Damit drückte er Hieronymus sein leeres Bierglas in die Hand.

«Aber natürlich, Herr Bürgermeister. Vielleicht bei einer anderen Gelegenheit ...»

Um das Buffet hatte sich eine Menschentraube gebildet. Toppe entdeckte van Appeldorn in der Nähe der Tür.

Der stand dort, dem Anlass angemessen, im dunklen Anzug mit Krawatte und hatte ein Glas Bier in der rechten Hand.

Van Appeldorn war neun Jahre jünger als er, erst dreiunddreißig. Er hatte rabenschwarzes, dichtes Haar, helle Haut und ein alterloses, gleichmütiges Gesicht.

In den beinahe zwei Jahren ihrer Zusammenarbeit hatte Toppe ihn noch nie in seinem Gleichmut erschüttert gesehen. Falls van Appeldorn Gefühle hatte, in seinem Gesicht fand man sie so gut wie nie.

Auch jetzt war keinerlei Regung zu entdecken,

obwohl er in ein Gespräch mit einer attraktiven Frau vertieft schien, die Toppe noch nie gesehen hatte. Langes dunkles Haar, gute Figur, jung. Ihr Kostüm war aus teurem violetten Sommerleinen. Unter der passenden Seidenbluse trug sie sehr deutlich keinen BH.

«Norbert», rief Toppe. «Tut mir leid, dich zu stören, aber es gibt Arbeit.»

Van Appeldorn nickte, leerte sein Glas in einem Zug und brachte es zur Getränkeausgabe zurück.

«Warte mal», sagte er dann. «Das hier ist ...» Aber die junge Frau war in dem Gedränge nicht mehr zu entdecken.

«Tja, zu spät ... Was gibt's denn?»

«Männliche Leiche in Bedburg-Hau. Flintrop tippt auf Mord.»

«Na, wenn Flintrop das sagt! Wo denn in Hau?»

«Eine Gärtnerei Welbers. Weißt du, wo das ist?»

«Na sicher.»

Ohne Eile schoben sie sich durch die Menge der Esser und Smalltalker zum Ausgang.

«Dein Wagen oder meiner?», fragte van Appeldorn.

«Deiner», antwortete Toppe. «Ich habe kaum noch Sprit.»

«So, so», murmelte van Appeldorn. Genau wie alle anderen wusste er, dass Toppe nicht gern Auto fuhr.

Sie rollten die Flutstraße entlang. An der Einmündung zum Ring hatte sich eine Schlange gebildet.

«Scheiß Kaasköppe», knurrte van Appeldorn.

«Ach komm, Norbert, nicht schon wieder diese Platte!» Toppe schmunzelte. «Du musst endlich mal akzeptieren, dass van Basten einfach der bessere Stürmer ist.»

Van Appeldorn kniff die Lippen zusammen. «Guck dir das doch an», sagte er dann, «nur Holländer. Jedes Wochenende fallen die in Scharen hier ein, und unsereiner findet keinen Parkplatz und steht im Stau. Die sollen gefälligst ihre eigenen Straßen verstopfen.»

«Lass das nur nicht den Klever Einzelhandel hören», feixte Toppe.

Jetzt hatten sie sich bis zum Ring vorgearbeitet und bogen rechts ab in Richtung Bedburg-Hau.

«Und? Was macht der Bau?», wechselte van Appeldorn das Thema

Toppe stöhnte. «Hör mir bloß damit auf.» Dann besann er sich. «Na ja, der Keller ist endlich fertig, gestern haben sie die Decke eingezogen. Morgen steht das Bitumen an.»

Van Appeldorn nickte. «Wie gesagt, wenn mal Not am Mann ist ...»

«Das ist wirklich nett von dir, Norbert.» Toppe schaute ihn dankbar an, aber dann verfinsterte sich seine Miene. «Ich kann mich vor Hilfe kaum retten. Mein Schwiegervater wird mit seinem Trupp anrücken und mir den ganzen Tag beweisen, dass ich zwei linke Hände habe. Seine Gattin wird fürsorglich Kaffee und Bier anschleppen und ihm bedeutungsvolle Blicke zuwerfen. Wenn ich Glück habe, bleibt Gabi mit den Kindern zu Hause, und wir werden uns nicht anschreien, und sie wird nicht in Tränen ausbrechen.»

Van Appeldorn sagte nichts, und Toppe ärgerte sich,

dass er sich hatte gehen lassen. Auf einmal spürte er, wie hungrig er war.

«Komm, lass uns von etwas anderem reden. Wer war eigentlich die Frau, mit der du eben gesprochen hast?»

«Das war die Praktikantin, die am Ersten bei uns anfängt.»

«Bei uns?» Toppe staunte.

«Ja, sie ist dem Ersten K. zugeteilt worden. Astrid von Steendijk, alter Klever Hochadel.» Er verdrehte die Augen. «Was will so eine bei der Polizei?»

Es war Freitag, der 19. August 1988. Die Außentemperatur betrug 18 Grad Celsius, und es war der erste regenfreie Tag seit über zwei Wochen.

Zwei Die Gärtnerei lag im Ortsteil Hasselt.

Eine kleine Bauernkate mit einem langgestreckten Schuppen am Rand eines hohen Buchenwaldes. Die Straße machte vor der Zufahrt zum Hof eine scharfe Rechtskurve und endete knapp hundert Meter weiter an einem Parkplatz.

Links am Haus vorbei führte ein schmaler Sandweg um den Schuppen herum steil in den Wald hinauf. Auf der gegenüberliegenden Seite der Straße standen vier große Gewächshäuser, daneben zogen sich junge Fichten- und Kiefernbestände den Hügel hoch auf die Landstraße zu.

«Ein ziemlich kleiner Betrieb», stellte Toppe fest.

«Ja», bestätigte van Appeldorn. «Hat aber einen guten Ruf. Und sie haben noch einige Bestände weiter draußen Richtung Pfalzdorf.»

Er bog in die Hofeinfahrt ein.

An der offenen Schuppentür stand Polizeimeister Heiligers, breitbeinig, die Hände auf dem Rücken verschränkt. Polizeiobermeister Flintrop lehnte am Einsatzwagen, redete mit einer Frau und sah dabei sehr wichtig aus.

Van Appeldorn brachte sein Auto gleich daneben zum Stehen, aber Flintrop drehte sich nicht um, sondern legte der Frau fürsorglich eine Hand auf die Schulter.

«Die Herren von der Kriminalpolizei», hörte Toppe ihn sagen, als er die Wagentür öffnete.

Ihm war ein wenig flau, das musste der Hunger sein.

«Guten Morgen.»

Flintrop drehte sich langsam um. «Guten Morgen, Herr Hauptkommissar.» Er lüpfte seine Mütze.

Toppe reichte der Frau die Hand. «Helmut Toppe», sagte er. «Und das ist mein Kollege, Norbert van Appeldorn.»

«Welbers», gab die Frau zurück.

Sie war klein und schlank, Anfang vierzig vielleicht, kurzes blondes Haar, ein offenes Gesicht. Im Moment allerdings blickte sie verstört, hatte die Hände tief in den Taschen ihres grünen Kittels vergraben und die Schultern hochgezogen, fast so, als friere sie.

«Haben Sie den Toten gefunden?», fragte Toppe leise.

Sie schüttelte den Kopf. «Nein, mein Mann und mein Sohn waren das.»

«Und wo sind die beiden jetzt?»

Sie nahm die Hände nicht aus den Taschen, sondern deutete mit dem Kinn auf das Wohnhaus. «Die trinken sich drinnen einen Schnaps.»

Van Appeldorn schaute Flintrop an. «Wo?»

«Na, da drüben, wo Heiligers steht.»

«Na dann ... Kommst du, Helmut?»

«Ja.» Toppe zögerte. «Herr Flintrop», entschied er dann, «kommen Sie doch bitte mit.»

Flintrop nahm nur widerstrebend seinen Arm von

der Schulter der Frau und zog grimmig die Augenbrauen zusammen.

«Am besten, Sie gehen jetzt auch ins Haus, Frau Welbers», sagte van Appeldorn.

Sie nickte wortlos.

Der Schuppen war in den Wald hineingebaut worden. Es roch modrig und scharf. Die Sonnenstrahlen drangen kaum durch das ausladende Dach der alten Buchen. Alles war in ein diffuses, mattgrünes Licht getaucht. Der Schein der Neonlampen aus dem Schuppen, der in einem breiten Fächer auf den festgetretenen Lehmboden fiel, wirkte grell wie eine Bühnenbeleuchtung.

Toppe musste für einen Moment die Augen schließen.

Ein rechteckiger, langer Bau ohne Fenster. Die Tür lag an der Schmalseite. Der Betonboden war mit einer dicken Staubschicht und hier und da mit schwarzen Torfresten bedeckt. An der linken Wand hingen aufgereiht blankgeputzte Geräte und Werkzeuge. An der Rückwand entdeckte Toppe eine Fräse, eine elektrische Heckenschere, einen kleinen Traktor und verschiedene andere Maschinen, die er nicht kannte. Rechts türmten sich Torfsäcke und schwarze Plastiktöpfe bis fast unter die Decke. Gleich neben der Tür lag ein Stapel heller, offensichtlich neuer Jutesäcke.

In der Mitte des Schuppens stand ein etwa vier Meter langer, schmaler Holztisch, darüber hingen an einem Rohr Schneidewerkzeuge verschiedenster Art, außerdem Kordel, Draht, Bast und Plastikschnur.

Knapp zwei Schritte hinter der Türschwelle lag der Tote.

Er lag auf dem Bauch, sein Oberkörper steckte bis zu den Hüften in einem hellen Jutesack. An der Stelle, wo der Kopf sein musste, war der Sack blutdurchtränkt, an anderen Stellen gab es kleinere Blutflecken. Das Blut war dunkelrot, es konnte also noch nicht völlig getrocknet sein.

Der Tote trug eine graue Jogginghose und schlammverschmierte, ehemals weiße Turnschuhe.

Sein rechtes Bein war leicht angewinkelt.

Es sah so aus, als wäre der Mann an der Türschwelle gestolpert und hingefallen.

Eine Tatwaffe konnte Toppe nicht entdecken.

«Was ist mit dem ED?» Van Appeldorn wandte sich an Flintrop.

«Der müsste eigentlich schon längst hier sein.»

Toppe fröstelte. «Ich rufe Bonhoeffer an. Das soll er sich selbst anschauen.»

Van Appeldorn nickte zustimmend.

«Der Gerichtsmediziner am Tatort? Wie apart», bemerkte Flintrop spitz.

Vor nicht allzu langer Zeit noch hätte Toppe sich eine Zurechtweisung nicht verkneifen können.

Er ging zum Wohnhaus hinüber. Die grünlackierte Seitentür war nur angelehnt, trotzdem klopfte er.

«Ja?» Ein Mann trat aus der Küche in den dämmrigen Flur. Auch er war Anfang vierzig, hatte struppiges, aschblondes Haar, helle Augen und einen breiten Mund. Auch er war nicht besonders groß, aber stämmig. Die Ärmel seines karierten Flanellhemdes hatte er aufgekrempelt.

«Toppe, Kripo Kleve. Sie sind sicher Herr Welbers.»

«Bin ich, mein Gott, das ist so furchtbar. Was ...»

«Einen Augenblick, Herr Welbers.» Toppe hob die Hand. «Wir reden gleich miteinander. Könnte ich wohl vorher kurz einmal telefonieren?»

«Sicher, das Telefon ist gleich hier.» Er zeigte auf ein Tischchen hinter der Tür.

«Danke», nickte Toppe.

Welbers ging in die Küche zurück, ließ aber die Tür offen.

Toppe tippte die Durchwahl zur Pathologie des Emmericher Krankenhauses ein.

Bonhoeffer meldete sich nach dem dritten Klingeln. «Helmut, was für eine nette Überraschung! Ich wollte dich schon längst anrufen.»

«Heute ist es leider dienstlich, Arend.»

«Leg los.» Bonhoeffer schien sich nicht zu wundern.

«Wir haben einen Toten hier in Hasselt, möglicherweise erschlagen. Kannst du rauskommen? Mir ist es lieber, du bist dabei, wenn der ED ihm den Sack abzieht.»

«Wenn die was tun?»

«Der Tote steckt mit dem Oberkörper in einem Jutesack.»

«Ich komme sofort.»

Während Toppe Bonhoeffer den Weg beschrieb, hörte er, wie ein Auto auf den Hof gefahren kam. Das musste der Erkennungsdienst sein.

Van Appeldorn würde allein klarkommen.

Er ging zur Küchentür und klopfte gegen den Rahmen.

Der Raum war recht groß. An der Wand links von der Tür ein Fenster, darunter die Spüle, daneben Kühlschrank, Herd und Geschirrspülmaschine. Ums Eck schloss sich eine Küchenzeile an. Die Möbel aus hellbraunem Resopal waren vor fünfzehn Jahren bestimmt hochmodern gewesen. Auf dem Boden braungesprenkelte Fliesen, beige Textiltapete an den Wänden, ein kleines Wagenrad mit einem Trockenblumengesteck, ein rustikal geschnitztes Kreuz.

Es war warm und sauber, und es roch nach Kaffee.

In der Mitte des Raumes stand ein Tisch, der offenbar nach dem Frühstück noch nicht abgeräumt worden war. Zwischen dem roten Keramikgeschirr, einem Teller mit Schnittkäse, Marmeladengläsern und einem Honigtopf stand wie ein Fremdkörper eine Flasche Doppelkorn.

Am Tisch saßen Herr und Frau Welbers und ein halbwüchsiger Junge, siebzehn, achtzehn vielleicht. Das musste der Sohn sein, die gleichen hellen Augen wie der Vater, das gleiche struppige Blondhaar. Er war ein wenig blass, wirkte aber nicht besonders schockiert, sondern eher missvergnügt.

Wieder stellte Toppe sich vor. Der Junge erhob sich halb von seinem Stuhl und gab ihm die Hand. «Udo Welbers», sagte er und räusperte sich.

«Nehmen Sie doch Platz, Herr Kommissar», forderte der Vater Toppe auf.

Der setzte sich an die freie Seite des Tisches. Sein Blick fiel auf ein kleines Holztableau über der Tür: «Herr, segne dieses Haus und alle, die da gehen ein und aus.»

«Dann erzählen Sie mir doch mal, was passiert ist.»

«Na, gar nichts ist passiert.» Der Vater rubbelte sich die Stirn. «Wenn man's genau nimmt. Udo und ich gehen heute Morgen zum Schuppen und wollen die Fräse holen. Für das neue Feld am Fahnenkamp, wissen Sie. Und da steht das Schuppentor halb auf. Ich mein, wir schließen das meist nicht ab, aber wir machen es doch immer feste zu, schon wegen der Tiere. Manchmal haben wir da ja Sachen drin, die die gerne fressen. Also, Udo ist vor mir am Schuppen und macht die Tür ganz auf und Licht an, und dann tritt er mir rückwärts auf die Füße. Und da seh ich das auch schon, dass da einer liegt. Mit einem von unseren neuen Säcken überm Kopf.» Welbers musste schlucken. «Wir sind dann beide zurück ins Haus. Ich bin dann sofort ans Telefon, und Udo hat Maria gesagt: Da draußen liegt einer, der ist tot. Die wollte das erst nicht glauben und ist selber gucken gegangen. Und dann war auch ihr schlecht. Und dann war auch schon Polizei da.»

«Um wie viel Uhr war das denn, Udo?» Toppe nahm sein Notizbuch aus der Tasche.

«Muss so gegen neun gewesen sein.»

«Ja, genau», bestätigte der Vater.

«Ist einem von Ihnen gestern Abend oder vergangene Nacht etwas Ungewöhnliches aufgefallen?»

Die drei schauten sich an, zuckten die Achseln und schwiegen.

«War irgendetwas anders als sonst?», versuchte Toppe es noch einmal.

Frau Welbers hatte sich als Erste gesammelt. «Also gestern waren wir schon ab vier Uhr gar nicht mehr zu Hause. War doch Materborner Kirmes. Da sind wir immer bei meiner Tante eingeladen. Wir sind dann so um ein Uhr diese Nacht zurückgekommen. Ich habe den Wagen vorne am Zaun abgestellt. Ich jedenfalls hab nicht gemerkt, dass was anders war als sonst. Ich hatte allerdings auch alle Hände voll zu tun.» Sie bedachte ihren Mann mit einem bedeutungsschweren Blick. «Und was meinen Gatten angeht, der konnte nicht mehr viel merken.»

«Ja, mein Gott!» Welbers' Wangen färbten sich rosa. «Wenn doch Kirmes ist ...»

«Und Sie, Udo?», fragte Toppe.

Der Junge schaute verwirrt. «Wollen Sie wissen, wann ich nach Hause gekommen bin? Ich glaube, das muss so gegen vier gewesen sein.»

«Halb sechs war's», korrigierte ihn seine Mutter schmaläugig.

«Wenn du's sagst.» Udo zog den Kopf zwischen die Schultern. «Im Zelt war Disco, und ich hatte keine Lust, schon so früh zu gehen.»

«Wie sind Sie denn nach Hause gekommen?», wollte Toppe wissen.

«Eine Freundin hat mich in ihrem Auto mitgenommen.»

Sein Vater konnte sich ein anzügliches Grinsen nicht verkneifen.

Toppe seufzte still in sich hinein. «Sie haben also alle nichts Außergewöhnliches bemerkt», fasste er zusammen.

Die drei schüttelten den Kopf.

«Überlegen Sie noch einmal genau: Gab es in den letzten Tagen oder Wochen nichts, was anders war als sonst?»

«Anders?», schnaubte Welbers. «Anders ist es hier schon lang! Seit die den gecken Trimmpfad hier im Wald angelegt haben. Die halbe Nacht kriegt man keine Ruhe. Autos, die ganze Zeit. All die Jogger, wissen Sie.»

Er sprach es J-ogger aus, mit einem Jot.

«Die rennen uns um das Gehöft bis mitten in der Nacht.»

«Es ist wirklich schlimm», bestätigte seine Frau. «Daran muss man sich erst mal gewöhnen.»

«Das kann ich mir vorstellen», nickte Toppe. J-ogger, schrieb er auf.

«Ist das hier ein reiner Familienbetrieb?», fragte er dann. «Oder haben Sie noch Angestellte?»

«Na ja, wir haben schon ein paar Leute», antwortete Welbers. «Da ist erst mal der alte Janssen, der uns eigentlich das ganze Jahr zur Hand geht. Und dann die Frau Matenaar von gegenüber. Die kommt immer, wenn wir mal richtig Druck haben. Und dann haben wir meist auch so ein, zwei Freigänger aus Bedburg.»

Toppe versuchte zu verstehen. «Sie meinen Leute aus dem Landeskrankenhaus?»

«Genau, im Moment haben wir nur einen, den

Suerick. Wie lang haben wir den jetzt schon, Maria?», wandte sich Welbers an seine Frau.

Sie rieb sich die Augen. «Warte mal, das muss im Januar gewesen sein. Ja, genau, seit Mitte Januar.»

Toppe ließ sich die Adressen von Herrn Janssen und Frau Matenaar geben. Suericks Adresse kannte er.

«Und Ihre Mitarbeiter waren gestern hier im Betrieb? Wie lange denn?»

«Gestern waren nur der Alois Janssen hier und der Suerick», erklärte Frau Welbers. «Aber wir haben früh Schluss gemacht, so kurz nach drei», erinnerte sie sich. «Wir mussten uns ja noch umziehen.»

«Wer wusste denn, dass Sie zur Kirmes wollten?»

Sie machte große Augen. «Na, alle! Das machen wir doch jedes Jahr, ist kein Geheimnis, oder?»

Toppe lächelte. «Natürlich nicht. Wo sind denn Ihre Mitarbeiter? Müssten die nicht längst hier sein?»

«Nee, den Janssen wollten wir heute um zehn direkt auf dem Feld am Fahnenkamp treffen», antwortete Welbers. «Komisch, dass der noch nicht gucken gekommen ist, wo wir bleiben ...»

«Und die anderen beiden?», bohrte Toppe nach.

«Frau Matenaar kommt nur, wenn Not am Mann ist, wie gesagt. Und das ist im Moment nicht der Fall. Na, und der Suerick kommt freitags nie. Der hat da Gruppe, oder irgend so was.»

Toppe klappte sein Notizbuch zu. «Es kann sein, dass ich in den nächsten Tagen noch einmal mit Ihnen reden muss, wenn wir ein bisschen mehr wissen.» Dann stand er auf.

Auch Welbers erhob sich. «Wann können wir denn wohl unsere Fräse haben?»

«Ich werde mal nachsehen.»

«Danke.» Welbers schaute zu Boden. «Nee, nee, wat man alles so mitmacht.»

Drei Als Toppe aus dem Haus kam, waren die beiden Männer vom Erkennungsdienst schon bei der Arbeit.

Paul Berns, der Ältere der beiden, hockte neben dem Toten und kramte in seinem Koffer. Er war Anfang fünfzig, klein und dickbäuchig, mit einer Halbglatze und einem feisten Gesicht. Toppe mochte ihn nicht. Berns war geschwätzig und großmäulig. Aber obwohl er gern mal einen trank und dann auch aufdringlich werden konnte, bei seiner Arbeit war er gründlich. Seit mehr als fünfundzwanzig Jahren war er schon beim ED und damit der erfahrenste Mann im Ersten Kommissariat.

Der andere ED-Mann, der gerade dabei war, die ersten Fotos zu machen, war jünger, noch keine vierzig, Klaus van Gemmern. Er war das genaue Gegenstück zu Berns, lang und dünn, fast schon hager, mit einem kantigen, grauen Gesicht und äußerst schweigsam. Er war noch nicht lange bei der Truppe. Toppe hatte erst zweimal mit ihm zu tun gehabt. Beide Male waren ihm in guter Erinnerung, denn van Gemmern besaß eine ausgezeichnete Kombinationsgabe. Seine Berichte waren knapp und präzise, ohne Schnörkel und Spekulationen.

Als Toppe durch die Schuppentür trat, nickte van Gemmern ihm kurz zu. Berns sprang auf.

«Hören Sie mal, Norbert sagt, wir sollen warten, bis der Doktor kommt. Meinen Sie, wir kriegten das nicht hin, oder was?» Es war nicht zu übersehen, dass er geladen war und sich nur mühsam beherrschen konnte.

«Mir ist es einfach lieber, wenn Bonhoeffer von Anfang an dabei ist», erwiderte Toppe ruhig. Van Appeldorn war nirgends zu sehen. Auch Flintrop und Heiligers waren verschwunden.

Dann sah er Bonhoeffers Jaguar heranrollen und neben dem Zaun parken.

Toppe ging ihm entgegen.

Bonhoeffer nahm seine Tasche aus dem Kofferraum. «Morgen, Helmut.» Sein Lächeln war warm. «Du bist ein wenig blass um die Nase. Hast du nicht gefrühstückt?»

«Dazu bin ich leider nicht gekommen», antwortete Toppe säuerlich.

Bonhoeffer schaute auf seine Armbanduhr. «Jetzt ist es kurz nach elf. Wenn wir hier fertig sind, könnten wir doch eigentlich was essen gehen, was meinst du? Ich habe da ein kleines Lokal entdeckt, in dem es hervorragenden Fisch gibt. Wie wär's? Wir haben lange nicht zusammengehockt.»

«Fisch auf nüchternen Magen?» Toppe rümpfte die Nase, grinste dann aber. «Na, mal sehen.»

Vom Parkplatz her kam van Appeldorn auf sie zu. «Morgen, Arend.»

«Morgen, Norbert.» Bonhoeffer betrachtete ihn

interessiert. «Sie wollen also heute endlich der unheiligen Verbindung ein Ende setzen.»

«Wie bitte?» Van Appeldorn runzelte verständnislos die Stirn.

«Na, so elegant, wie Sie heute gekleidet sind, könnte man meinen, Sie wollten in den heiligen Stand der Ehe treten.»

Toppe verbiss sich das Lachen, und auf dem Weg zum Schuppen erzählte er von der Eröffnungsfeier, von der sie weggerufen worden waren.

«Morgen, Doc!», rief Berns beflissen.

Bonhoeffer blickte eine ganze Weile schweigend auf den Toten und stellte dann seine Tasche ab. «Na, dann», nickte er Berns zu.

Toppe drehte sich weg. Seit er bei der Kripo war, hatte er etliche Menschen gesehen, die eines gewaltsamen Todes gestorben waren, aber es fiel ihm immer noch schwer, bei der ersten gründlichen Inaugenscheinnahme einer Leiche zuzuschauen.

Van Appeldorn fasste ihn am Ellbogen «Drüben auf dem Parkplatz steht ein Auto. Soll ich mal feststellen, wem es gehört?»

«Einem Jogger vermutlich», erwiderte Toppe. «Aber ja, ruf bei der Leitstelle an. Und frag die Welbers, ob sie das Auto vielleicht kennen.»

«Helmut? Wir wären dann so weit», rief Bonhoeffer.

Toppe seufzte in sich hinein. «Bin schon da.»

Sie hatten den Sack entfernt. Bonhoeffer betrachtete die Verletzungen genauer, Berns durchwühlte derweil die Taschen des Toten.

Toppe hatte mit Schlimmem gerechnet, aber das hatte er nicht erwartet. Mit einem kurzen Blick versuchte er, alle Einzelheiten in sich aufzunehmen.

Der Tote lag noch auf dem Bauch. Das Oberteil des Jogginganzugs war an vielen Stellen voller Blut, die Hände und der Unterkörper des Mannes schienen unversehrt. Sein Kopf war zur Seite gedreht und völlig deformiert. Am Hinterkopf trat aus einer großen Wunde grauweiße Hirnmasse aus. Das Gesicht war nicht mehr zu erkennen.

«Mein Gott!»

«Er hat auch noch einen Genickbruch», sagte Bonhoeffer. «Sieht nach einem stumpfen, schweren Gegenstand aus, möglicherweise einer Eisenstange. Die Verletzungen scheinen dem Mann erst beigebracht worden zu sein, als er bereits im Sack steckte. Aber genau kann ich euch das erst morgen sagen. Er ist seit mindestens zwölf Stunden tot.»

Berns hielt einen Autoschlüssel hoch. «Papiere hat er keine. Das hier ist alles.»

Er wollte den Schlüssel in einen Asservatenbeutel stecken, aber Toppe hielt ihn zurück: «Machen Sie doch bitte sofort Abdrücke davon. Es kann sein, dass wir den Schlüssel gleich noch brauchen.»

Dann sah er van Appeldorn aus dem Haus kommen.

«Die Welbers kennen den Wagen nicht», rief der. «Sie meinen aber, es wäre nicht ungewöhnlich, dass um diese Zeit Autos dort stehen. Ich habe den Halter erfragt. Es ist ein Richter, Arno Landmann, wohnt in Materborn.»

Berns gab Toppe den Wagenschlüssel, der hielt ihn van Appeldorn hin.

«Die Marke stimmt.»

«Dann versuche ich's mal.» Langsam ging Toppe zum Parkplatz hinüber.

Seit vierzehn Jahren war er nun schon in Kleve, zu Hause fühlte er sich nicht. Aber als er sich damals in Düsseldorf in Gabi verliebt hatte, schien es richtig, aus der Großstadt wegzuziehen. Wenn schon eine Familie gründen, dann in einem ruhigen, freundlichen Landstädtchen. Außerdem hatte er durch die Versetzung endlich die Chance bekommen, von der Schutzpolizei zur Kripo zu wechseln, was ihm so viel interessanter und anspruchsvoller erschienen war. Aber dann hatte es sich schnell als nervenaufreibende Routine entpuppt. Herumärgern mit Leuten, die ihn nicht mochten, weil er aus der Großstadt kam, oder warum auch immer. Erst seit der Umstrukturierung der Polizei am Niederrhein, der Einrichtung der getrennt arbeitenden Kommissariate in Kleve, Geldern und Krefeld vor zwei Jahren, schien sich langsam etwas zu ändern. Vorher hatte man ihm bei Fällen wie diesem immer einen Kollegen aus Krefeld vor die Nase gesetzt, der ihm zeigen sollte, wo es langging. Aber dann hatten sie ihn zum Hauptkommissar und Leiter des Ersten Kommissariats ernannt, was bedeutete, dass er endlich selbständig arbeiten konnte, und er war zuversichtlich gewesen. Aber mittlerweile war er nicht mehr sicher, dass wirklich irgendwann einmal professioneller gearbeitet werden würde. Die Menschen hier waren langsam und hingen an dem, was schon immer so gewesen war. Selbst wenn sie es nicht sagten oder es vielleicht nicht einmal wussten.

Der Wagen war ein nagelneuer weißer Saab. Toppe musste an seinen eigenen sieben Jahre alten Passat denken; nun mit dem Haus würde wohl für lange Zeit kein neues Auto mehr drin sein. Vieles wäre einträglicher gewesen als sein jetziger Job. Einträglicher und bequemer. Er wusste ziemlich genau, zu welchem Zeitpunkt er die Kurve nicht gekriegt hatte. Als sein Vater 1955 plötzlich gestorben war, waren seine Träume von Gymnasium und Uni geplatzt. Die hätte seine Mutter allein niemals finanzieren können. Also war er zur Polizei gegangen.

Irgendwann hatte man an der VHS das Abitur nachholen können. Das hatte er dann 1968 auch gemacht. Es war eine harte Zeit gewesen – tagsüber als Schupo in Düsseldorf, abends und an den freien Wochenenden lernen –, aber er hatte sie genossen. Er las gern, dachte gern nach, er war gern allein mit seinen Büchern. Und dann war der Zeitpunkt gekommen, an dem er den Absprung von der Polizei hätte schaffen können. Aber da waren das angenehme Geld gewesen, ein bisschen auch der Traum vom Superkommissar, die Unentschlossenheit eben, und irgendwann Gabi und damit der geradlinige Verlauf.

Der Autoschlüssel passte. Der Wagen war auch innen blitzsauber, kein Stäubchen auf dem Armaturenbrett. Über dem Handschuhfach klebte ein Nichtraucherschild, der Aschenbecher war sicher niemals benutzt worden. Im Fach der Mittelkonsole lagen ein Paar dunkelgraue Lederhandschuhe, eine Sonnenbrille, ein Groschenhalter und ein in Leder eingebundener Notizblock mit Stift. Die Blätter waren leer.

Toppe rutschte auf den Beifahrersitz und öffnete das Handschuhfach – eine Parkscheibe, ein blauer Eiskratzer, ein Stadtplan von Düsseldorf und eine braune Lederbrieftasche. Im ersten Fach steckte ein Reisepass.

So hatte der Mann also ausgesehen, als er noch gelebt hatte: mittelalt, mittelblondes, schütter werdendes Haar, ein schmales Gesicht mit streng blickenden Augen, einer geraden Nase und dünnen Lippen.

Arno Friedrich Landmann, geboren am 28. August 1944 in Kleve. Besondere Kennzeichen: keine.

Weiter fand Toppe einen Führerschein, ausgestellt am 26. April 1965 in Bonn. Auf dem Foto war Landmann bedeutend jünger, sein Haar dicht und wellig, derselbe kühle, gerade Blick jedoch.

Dann waren da noch ein Ausweis vom Gericht, mehrere Benzinquittungen von der ARAL-Tankstelle in Kleve, eine Rechnung von einem Nobelrestaurant in Kalkar über 376 Mark 40 und ein leicht verblichenes Farbfoto, das eine Frau und ein etwa zehnjähriges Mädchen zeigte, die auf einer Hollywoodschaukel saßen und in die Kamera lachten. Das war alles.

Toppe nahm die Brieftasche an sich, stieg aus, schloss den Wagen ab und ging zurück zur Gärtnerei.

Wieder einmal fragte er sich, was schlimmer für ihn war, der Anblick einer Leiche oder die Benachrichtigung der Angehörigen. Vielleicht hatte van Appeldorn weniger Schwierigkeiten damit, aber das war auch egal, er würde sich nicht drücken.

Das Hoftor wurde durch den Wagen des Staatsanwalts blockiert. Dr. Stein kam, wenn es irgend ging, immer zum Tatort. Er sah die Dinge lieber mit eigenen Augen, als hinterher umständliche Berichte zu lesen.

«Geben Sie mir Bescheid, wann die erste Besprechung stattfindet», rief er Toppe zu. «Ich hab's eilig, wie immer.» Dann saß er schon wieder in seinem Auto und brauste davon.

Auf dem Hof standen van Appeldorn und Bonhoeffer, beide die Hände in den Hosentaschen, und unterhielten sich.

«Unser gemeinsames Essen muss wohl warten, Arend. Der Autoschlüssel hat gepasst.»

Toppe reichte van Appeldorn die Brieftasche. «Arno Friedrich Landmann.»

Alle drei schauten sie auf das Passfoto.

«Die Haarfarbe kommt hin», sagte Bonhoeffer. «Lass mal schauen, ja, die Körpergröße stimmt auch. Jemand wird ihn identifizieren müssen.»

Toppe nickte. «Sieh zu, dass die Soko um fünf im Büro ist, Norbert. Alle, auch van Gemmern und Berns, wenn sie's schaffen. Kann ich bis dahin nicht doch schon deinen Bericht haben, Arend?»

«Allenfalls einen vorläufigen.»

«Das reicht mir fürs Erste. Setzt du mich auf dem Weg zum Präsidium bei der Familie Landmann ab, Norbert?»

Vier «Merkwürdige Gegend», dachte Toppe, als sie in die Annabergstraße einbogen, in der Landmann gewohnt hatte.

Nicht weit vom weißen Bungalow des Richters entfernt standen vier kahle Wohnblocks. Ursprünglich war der Platz zwischen diesen Häusern wohl einmal als Garten angelegt worden. Ein paar kümmerliche Reste davon waren noch zu erkennen, zwei, drei vertrocknete Sträucher, ein ausgehungertes Bäumchen. Zwischen festgetretenem Kies wucherte Unkraut, und überall hatten sich große Wasserpfützen gebildet.

Aus dem Fenster unten links an der Straße lehnte, die Ellbogen auf ein Kissen gestützt, eine dicke Frau und beobachtete van Appeldorns Wagen. Die sechs Mopedfahrer, die mit ohrenbetäubendem Geknatter zwischen aufspritzendem Kies und Wasser ihre Runden um den letzten Wohnblock drehten, schien sie nicht wahrzunehmen.

Links von Landmanns Haus lagen weitere Bungalows, die meisten hinter hohen Hecken verborgen. Gegenüber führte die Waalstraße bergauf ins Materborner Neubaugebiet mit seinen Mittelklasseklinkerhäusern.

«Scheint eine Spezialität dieser Stadt zu sein, solche

Blocks direkt neben die Nobelhäuser zu setzen», stellte Toppe fest.

«Was?» Van Appeldorn war mit seinen Gedanken woanders.

«Am schlimmsten finde ich es oben am Klever Berg», fuhr Toppe fort. «Ob wohl ein Konzept dahintersteckt?»

Van Appeldorn zuckte die Achseln. «Was weiß ich?»

Toppe stieg aus. «Ich nehme mir ein Taxi zurück», rief er laut, denn die Mopeds brausten gerade, mit fixem Schwung dem Auto ausweichend, zur katholischen Grundschule hoch.

Toppe öffnete das schwarze Holztor vor Landmanns Haus und ging über einen schmalen, plattierten Weg zur Tür.

Es gab kein Namensschild, nur einen runden Messingklingelknopf.

Toppe nahm die Schultern zurück, räusperte sich zweimal und schellte.

Es dauerte nicht einmal zehn Sekunden, bis die Tür geöffnet wurde.

«Ja?» Eine Frau stand vor ihm. Sie war schlank, hatte rotblondes, halblanges Haar und trug eine Brille mit schmalem Goldrand. Ihr Haar war ungekämmt, das Make-up fleckig und um die Augen herum verschmiert.

«Frau Landmann?»

«Ja.»

Toppe zog seinen Dienstausweis aus der Tasche. «Helmut Toppe von der Kriminalpolizei Kleve.»

Ihre müden Augen weiteten sich. «Was ist mit meinem Mann?», flüsterte sie.

«Darf ich hereinkommen?» Toppe trat einen Schritt vor.

«Natürlich, bitte.» Sie fuhr sich durchs Haar, schloss die Tür hinter Toppe und ging durch den dunkel getäfelten Flur voraus in den Wohnraum. In der Tür drehte sie sich um. «Was ist mit meinem Mann?», fragte sie wieder.

«Wir sollten uns erst einmal setzen», antwortete Toppe.

Das Wohnzimmer war sehr groß und hatte zum Garten hin bodentiefe Fenster. Auf dem hellen Parkettboden lagen mehrere dicke Perserteppiche. Rechts stand ein Eichentisch mit acht hochlehnigen Stühlen, die ganze linke Wand nahm ein Schrank ein, davor standen zwei schwarze Ledersofas und zwei Sessel um einen runden Couchtisch mit dunkelgrüner Marmorplatte. Auf dem Tisch lagen eine Zigarettenschachtel und ein goldenes Feuerzeug neben einem großen Kristallaschenbecher, der voller Kippen war. Die Terrassentür war ein Stück geöffnet, trotzdem war es stickig im Raum. Die Deckenlampe brannte, obwohl die Sonne ins Zimmer schien.

Toppe setzte sich auf das Sofa an der Fensterseite, Frau Landmann hockte sich ihm gegenüber auf die äußerste Kante, die Arme auf die Knie gestützt. Sie sah ihn an.

Neben ihrem Fuß stand das Telefon, die Schnur ringelte sich quer durchs Zimmer bis in den Flur.

Toppe gab sich einen Ruck. «Frau Landmann, wir haben heute Morgen in Bedburg-Hau einen Toten gefunden, am Trimmpfad. Und wir glauben, dass es sich um Ihren Mann handelt. Er wurde ermordet.»

Sie starrte ihn weiter an. Es kam ihm vor wie Minuten. Nur mühsam unterdrückte er den Impuls, mit einem beschwichtigenden Satz das Schweigen zu brechen.

Endlich bewegte sie sich. Sie schlug die Hände vors Gesicht und wiegte den Oberkörper vor und zurück.

Toppe wartete.

Schließlich nahm sie die Hände herunter. Sie weinte nicht, war nur noch blasser geworden, auch ihre Lippen waren farblos.

«Ich habe es gewusst, ich habe es die ganze Zeit gewusst.»

«Was haben Sie gewusst, Frau Landmann?»

«Dass etwas passiert ist. Arno ist noch nie die ganze Nacht weggeblieben, noch nie.»

«Fährt Ihr Mann einen weißen Saab mit dem Kennzeichen KLE-AK 478?»

«Ja», antwortete sie tonlos. «Ermordet ...»

«Wohin ist Ihr Mann gestern gefahren? Und wann?»

«Er wollte zum Joggen, wie immer. Gegen halb acht, glaube ich.»

«Welche Kleidung trug er, als er wegfuhr?»

«Er hatte seinen grauen Jogginganzug an.»

«Schuhe?»

«Weiße Joggingschuhe.»

Toppe nickte.

Da sprang sie plötzlich auf und stürzte hinaus in den Flur. Toppe hörte, wie sie eine Tür aufriss, dann hörte er sie würgen.

Er wartete zwei Minuten, ehe er ihr folgte. Sie hockte neben dem Gästeklo, kalkweiß, das Gesicht glänzte vor Schweiß. Ihre Brille lag auf dem Fliesenboden.

«Das ist der Kreislauf», bemerkte Toppe ruhig und fasste ihren Arm. «Kommen Sie.»

Langsam führte er sie ins Wohnzimmer zurück und zum Sofa. «Legen Sie sich einen Moment hin. So ist es gut.» Er hob ihre Beine an und bettete sie auf die Armlehne. «Atmen Sie langsam und tief, so ja. Haben Sie Cognac im Haus?»

Sie schüttelte abwehrend den Kopf, hielt die Augen geschlossen.

«Doch», beharrte Toppe. «Ein Schluck Alkohol hilft.»

«In der Bar», sagte sie mit steifen Lippen.

Er blickte sich um. In der Schrankwand war ein großes Klappfach, das konnte die Bar sein. Er fand einen feinen, alten französischen Cognac und Gläser aus geschliffenem Bleikristall und schenkte ein.

«Hier, bitte.» Er wollte ihr helfen, sich aufzusetzen, aber sie schob seine Hand weg. «Es geht schon wieder.» Dann nahm sie die Beine von der Lehne und setzte sich auf.

«Bleiben Sie besser noch ein bisschen liegen.»

Toppe nahm wieder seinen Platz ihr gegenüber ein.

«Nein, es ist schon besser.» Sie zündete sich eine Zigarette an. «Was wollen Sie wissen?»

«Ihr Mann ist also gestern zum Joggen gegangen. Joggte er regelmäßig?»

«Ja, jeden Abend, bis auf sonntags.»

«Und immer in Bedburg?»

«Nein», antwortete sie und schaute in die Ferne. «Nur selten. Normalerweise läuft er hier oben am Treppkesweg.»

«Und warum ist er gestern zum Laufen nach Bedburg gefahren?»

«Ich weiß es nicht. Er hat mir nichts gesagt.»

«Gestern hat es den ganzen Tag geregnet.»

«Ja, und?» Sie schaute ihn verständnislos an. «Ach so, Arno läuft immer, auch wenn es regnet.»

«Und wann kam er gewöhnlich zurück?»

«Je nachdem. Meistens so nach anderthalb Stunden.»

«Dann hätte er also gegen neun Uhr wieder zu Hause sein müssen.»

«Ja.»

Und dann fing sie plötzlich an zu weinen. Sie tastete nach ihrer Brille, merkte, dass sie sie gar nicht trug, und wischte sich hastig die Tränen ab.

«Frau Landmann, haben Sie die Polizei benachrichtigt, als Ihr Mann nicht zur gewohnten Zeit nach Hause kam?»

Sie schwieg. «Das konnte ich nicht», antwortete sie nach einer Weile.

Toppe schaute sie fragend an.

«Ich habe einfach gewartet.»

«Wie lange?»

«Bis Sie kamen.»

Toppe versuchte, das zu verdauen. «Sie haben die ganze Nacht gewartet und nichts unternommen?»

«Ja.» Sie schaute auf den Telefonapparat. «Ich konnte nicht.»

«Sie konnten nicht?» Die Formulierung befremdete ihn. «Warum nicht? Sie müssen sich doch Sorgen gemacht haben.»

Sie nickte und weinte wieder. «Arno mag es nicht, wenn man Dinge künstlich hochspielt. Ich dachte, er hat vielleicht jemanden getroffen und ist irgendwo hingegangen.»

«Tat er das manchmal?»

«Nein. Nie. Er war immer pünktlich. Aber es hätte doch sein können ... Und dann dachte ich, vielleicht eine andere Frau ...»

«Hatte Ihr Mann Beziehungen zu anderen Frauen?»

Sie schüttelte heftig den Kopf. «So ist er nicht. Er ist nicht der Typ dafür.»

Toppe wartete. «Ich konnte doch die Polizei nicht anrufen», jammerte sie. «Die Nachbarn hier und dann die Kollegen ... Das hätte sich doch herumgesprochen. Mein Mann ist Richter, Herr Kommissar. Wir müssen auf seinen Ruf achten.»

«Haben Sie Kinder, Frau Landmann?»

«Wir haben eine Tochter, Sabine. Sie ist sechzehn.»

«Und wo ist Sabine jetzt?»

«Bei ihrer Theatergruppe in der Schule.»

«Ihr Vater ist die ganze Nacht nicht nach Hause gekommen. Sie sind voller Sorge, und Sabine geht zu ihrer Theatergruppe?» Toppe mochte es nicht glauben.

«Ja», antwortete sie und schob das Kinn vor. «Ich habe sie geschickt. Aber Sabine wusste es auch so. Mein Mann billigt es nicht, wenn man seine Pflichten vernachlässigt.»

Sie lachte trocken auf.

«Frau Landmann, ich weiß, dass es schwer für Sie sein wird, aber Sie werden Ihren Mann identifizieren müssen.»

Sie starrte ihn an und nickte dann zögernd.

«Ich werde Ihnen eine Beamtin schicken, die Sie begleiten wird. In zwei Stunden, etwa, passt Ihnen das?»

«Ja.»

«Wann kommt Ihre Tochter zurück?»

«Um kurz nach eins.»

«Gut, dann muss sie ja gleich hier sein. Kann ich Sie allein lassen?»

«Ja.»

Er schaute sie zweifelnd an.

«Doch, wirklich.»

«Darf ich dann mal Ihr Telefon benutzen? Ich müsste mir ein Taxi bestellen.»

«Ja, natürlich.»

Er hockte sich neben das Telefon, das immer noch auf dem Boden stand, und hatte plötzlich das Bedürfnis, ganz schnell von hier wegzukommen.

Als er auf dem Bürgersteig stand und auf das Taxi wartete, zündete er sich erst einmal eine Zigarette an. Dann schlenderte er ein Stück die Straße hinunter an den Wohnblocks vorbei. Die Mopedfahrer waren verschwunden. Ein kleines Mädchen kam auf seinem Dreirad über den Vorplatz gefegt und düste an ihm vorbei auf die Straße.

«He», rief Toppe. «Du solltest lieber auf dem Bürgersteig fahren.»

Das Kind streckte ihm die Zunge raus, «Arschpuper!», und setzte unbeirrt seinen Weg fort.

Die dicke Frau lag immer noch im Fenster und beobachtete ihn ungeniert. Toppe nickte grüßend. Sie rührte sich nicht.

In diesem Moment kam das Taxi. Toppe winkte.

«Zum Polizeipräsidium, Emmericher Straße, bitte.»

«Geht klar, Meister. Übrigens, Nichtrauchertaxi.»

Toppe warf die Zigarette in den Rinnstein. Er hatte sowieso ein flaues Gefühl im Magen. Einen Augenblick erwog er, das Taxi an einer Imbissbude halten zu lassen, aber er konnte wohl schlecht hier im Auto essen, und im Präsidium wollte er nicht mit einer Portion Pommes auftauchen. Vielleicht gab es ja noch etwas in der Kantine.

Van Appeldorn saß an der Schreibmaschine, eine Lucky Strike im Mundwinkel, und tippte mit zwei Fingern.

«Gibt es was Neues?» Toppe ließ sich auf seinen Schreibtischstuhl fallen.

«Moment», knurrte van Appeldorn. «Ich bin gleich so weit.»

«Der Bericht vom Tatort?»

Van Appeldorn nickte.

Toppe griff zum Telefon und rief in der Kantine an. «Hilde? Toppe hier. Sag mal, habt ihr noch was Essbares da? Käsebrötchen? Sonst nichts? Na, in Gottes Namen. Stell mir vier Stück zurück und eine Kanne Kaffee, ja? Danke dir.»

Van Appeldorn zog das Blatt aus der Maschine.

«Nein, was Neues gibt es nicht», sagte er. «Ich habe Landmanns Auto herbringen lassen und den Bericht getippt. Die Presse steht uns übrigens auf den Füßen. Haben wohl ihre geheimen Kanäle angezapft. Ich habe denen gesagt, sie bekommen später einen Kurzbericht. Und wie war's bei dir?»

Toppe verschränkte die Hände im Nacken. «Ein bisschen seltsam. Die Ehefrau war zu Hause. Sie hat die ganze Nacht auf ihren Mann gewartet. Eine Tochter gibt es auch, aber die war zum Theaterspielen in der Schule. Frau Landmann hat die Polizei nicht benachrichtigt, weil ihr Mann das nicht gebilligt hätte. Hört sich für mich nach einem ganz Hundertprozentigen an. Ich werde morgen noch mal nachhaken, wenn die Frau wieder bei sich ist.» Dann setzte er sich auf. «Sag mal, ist Margret im Haus? Wegen der Identifizierung.»

«Keine Ahnung. Ich kann ja mal nachsehen.»

«Ja, mach mal. Ich habe der Landmann gesagt, die Beamtin käme so gegen drei.» Er stand auf. «Ich geh mal kurz runter in die Kantine. Bin gleich wieder da.»

Als er zwanzig Minuten später mit zwei Bechern Kaffee zurückkam, saß van Appeldorn wieder am Schreibtisch.

«Geht klar mit Margret, sie hat sich schon mit der Witwe in Verbindung gesetzt.»

«Fein», antwortete Toppe, mit den Gedanken woanders. «Glaubst du, man kann bei Gericht heute noch jemanden erreichen? Bis zur Soko-Sitzung sind es fast noch zwei Stunden. Vielleicht können wir ja in der Zwischenzeit bei einem der Richterkollegen herausfinden, welche Fälle Landmann in letzter Zeit bearbeitet hat.»

Van Appeldorn runzelte skeptisch die Stirn. «Die machen freitags immer früh Feierabend auf der Burg. Aber ich versuch es mal.»

Er wählte die Nummer der Justizbehörden auf der Schwanenburg. «Van Appeldorn hier, Kripo Kleve. Ich würde gern Herrn Landmann sprechen.»

Toppe prustete in seinen Kaffee.

«Meldet sich nicht? So, so. Dann geben Sie mir doch mal die Strafvollstreckungskammer ... Frau Kaets? Tach, van Appeldorn hier. Sagen Sie, wer von den Richtern ist denn noch im Haus? ... Keiner? Na, wunderbar! Ja ... ja, sicher, ja ... Tschüss.»

Dann wandte er sich Toppe zu. «Wie ich es mir gedacht hatte. Vor Montag läuft da nichts.»

Der zuckte die Achseln. «Hast du alle erreicht wegen der Teamsitzung?»

«Alle, bis auf Heinrichs. Der ist noch bis übernächste Woche im Urlaub.»

«Und wer ist der Ersatzmann?», fragte Toppe und ahnte es schon. «Sag bloß nicht ...»

«Doch, genau der.» Van Appeldorn grinste.

Fünf Um 16 Uhr 51 klopfte es. Toppe, der gerade mit seiner Frau telefonierte, verabschiedete sich schnell und warf van Appeldorn einen gequälten Blick zu.

«Ja, herein», rief er.

Die Tür wurde aufgestoßen, und herein kam, wie erwartet, Ackermann.

Ackermann war fünfunddreißig Jahre alt und kam aus Kranenburg, wie jeder wusste.

Van Appeldorn beschrieb ihn gewöhnlich mit einem einzigen Wort: Schrat.

Ackermann war klein und kauzig, hatte halblanges Haar von undefinierbarer Farbe und einen langen, wirren Bart. Er trug eine Brille mit dicken, getönten Gläsern und hatte auffallend schlechte Zähne. Verheiratet war er mit einer hünenhaften Holländerin, die jeder im Präsidium kannte, denn sie holte ihren Mann oft nach dem Dienst ab. Sie war weder zu übersehen noch zu überhören und meist in Begleitung eines moppeligen Kindes, das eine der drei Ackermann'schen Töchter sein musste, denn Söhne «konnte» er nicht, wie ebenfalls jeder wusste.

Ackermann war Kriminalhauptmeister und hieß mit Vornamen Josef, aber das wusste Toppe nur aus dessen Personalakte, denn jeder sprach ihn nur mit «Ackermann» an, erstaunlicherweise sogar seine Frau. Er war immer da, immer eifrig und redete ohne Punkt und Komma, wenn man ihn ließ. Seine Intelligenz war, wie van Appeldorn es ausdrückte, fragwürdig. Andere waren in ihren Beschreibungen weniger nett.

Um 16 Uhr 51 also hüpfte Ackermann in Toppes Büro – er hüpfte immer, wenn er aufgeregt war.

«Hallo, Leute! Is' ma' wieder Not am Mann?»

Toppe nickte einen Gruß, was Ackermann nicht merkte, denn er hatte sich bereits auf den Tatortbericht gestürzt, der auf van Appeldorns Schreibtisch lag.

Van Appeldorn legte seinen Arm über den Bericht.

«Na, Ackermann, heute kein Veteranentreffen?»

Ackermann gehörte einer höchst bemerkenswerten Kranenburger Organisation an, die sich «The Rubber Duckies» nannte. Vor zwanzig Jahren war das eine Schülergruppe gewesen, die nichts anderes im Sinn gehabt hatte, als möglichst viele Mädchen aufzureißen, in möglichst kurzer Zeit möglichst viel Alkohol zu trinken und überhaupt immer «einen draufzumachen». Aus Gründen, die Toppe nicht zu hinterfragen wagte, hatte sich diese Organisation erhalten, in Form von regelmäßigen «Veteranentreffen», auf denen man – unter Männern, versteht sich – möglichst oft das alte Schlachtlied «We are the Rubber Duckies» grölte und den ein oder anderen Liter Bier kippte. Jeder im Präsidium war genauestens darüber informiert.

«Ach wat, nee, ers' nächsten Samstag wieder. Aber is' ja sowieso nich' mehr dat, wat et ma' war. Der Gerd, zum Beispiel ...»

«Herr Ackermann», fiel Toppe ihm ins Wort. «Sie können schon mal den Bericht durchlesen.»

«Ja, klar, mach ich, Chef, klar.» Er warf van Appeldorn einen Blick zu, dann fläzte er sich in einen der Sessel, die Toppe aus den anderen Büros geholt hatte, und nahm ein Päckchen Tabak der besonders starken Sorte «Javaanse Jongens» aus der Tasche.

Toppe beobachtete ihn fasziniert.

In der linken Hand hielt Ackermann den Bericht und las, während er mit rechts – einhändig – die Zigarette rollte.

Es klopfte wieder, diesmal leise. Margret Euwens, die Kollegin aus dem Zweiten Kommissariat – Sitte und Betäubungsmittel –, die einzige Polizistin im Präsidium, kam herein.

«Hallo», sagte sie in die Runde. «Also, Norbert, nächstes Mal sucht ihr euch aber jemand anderen für so was, wenn ich bitten darf. Frau Landmann hat ihren Mann zwar eindeutig identifiziert, aber es war wirklich schlimm. Die Frau ist total zusammengeklappt. Furchtbar!»

Sie sah Toppe an. «Ich habe gerade den Chef getroffen, Helmut. Er hätte gern so schnell wie möglich deinen Bericht. Ab 17 Uhr 30 kannst du ihn telefonisch zu Hause erreichen.»

Wie aufs Stichwort schrillte das Telefon. Toppe schaute auf die Uhr und lächelte. Es war Punkt fünf. Er nahm den Hörer ab und meldete sich: «Erstes Kommissariat, Haupt...»

«Geschenkt, Helmut. Hier ist Arend.»

Toppe rückte seinen Notizblock zurecht und hörte schweigend zu, ab und an schrieb er etwas auf.

In der Zwischenzeit füllte sich der Raum mit Leuten. Van Appeldorn schickte Ackermann nach Kaffee.

Als Toppe den Hörer auflegte, war die Soko komplett.

Rechts von der Tür saß mit grimmiger Miene Paul Berns, die Hände vor dem Bauch gefaltet. Daneben van Gemmern, ruhig und aufrecht, ein paar Zettel in der Hand. Neben ihm Kommissar Günther Breitenegger, der sich leise mit van Appeldorn unterhielt.

Toppe nickte in die Runde. «Ich habe mir gedacht, dass van Appeldorn uns zunächst einmal seinen Bericht vom Tatort gibt. Danach kann ich ein paar vorläufige Ergebnisse der gerichtsmedizinischen Untersuchung vorlegen, und vielleicht können Herr Berns und Herr van Gemmern auch schon einige Ergebnisse beitragen. Norbert, fängst du bitte an?»

Van Appeldorn verlas seinen Bericht ohne erklärende Bemerkungen. Er war knapp, wie immer etwas hölzern in den Formulierungen, aber präzise und ausreichend.

Toppe ergänzte gerade sein Gespräch mit der Familie Welbers, als die Tür aufgestoßen wurde und Ackermann hereinpolterte. «Kaffee für de ganze Belegschaft!»

«Setz dich, Ackermann», sagte van Appeldorn.

Toppe nahm sich einen Becher Kaffee vom Tablett und lehnte sich gegen die Fensterbank. «Dr. Bonhoeffer hat bis jetzt Folgendes festgestellt: Die eigentliche Todesursache ist ein Genickbruch. Darüber hinaus hat der Tote zahlreiche massive Verletzungen, unter anderem Zertrümmerung der Hirnschale und des Gesichtsschädels, aber auch Verletzungen am Brustkorb und an den Armen. Es sieht so aus, als seien dem Mann diese erst beigebracht worden, als er bereits im Sack steckte, aber Bonhoeffer kann noch nicht mit Sicherheit sagen, ob das auf alle zutrifft. Nach dem ersten Augenschein könnten ihm ein paar Blessuren auch vorher beigebracht worden sein. Bei der Tatwaffe handelt es sich wohl um eine runde Metallstange. Die Todeszeit liegt zwischen achtzehn und zweiundzwanzig Uhr. Das wäre wohl zunächst alles.» Er besann sich. «Nein, noch etwas. Es scheint kein Kampf stattgefunden zu haben.»

Dann trank er einen Schluck Kaffee und schüttelte sich. Die Brühe war lauwarm und bitter.

«Herr Berns, was hat sich am Tatort ergeben?»

«Ja, also, hauptsächlich Schuhspuren erst mal», antwortete Berns und räkelte sich langsam aus seiner gemütlichen Sitzhaltung hoch. «Im Schuppen selbst war das schwierig. Betonboden, alles verwischt. Aber vor dem Schuppen und in der Umgebung wimmelt es nur so von Abdrücken. Durch den Regen vorher sind ein paar richtige Prachtexemplare dabei. Arbeitsschuhe und jede Menge Turnschuhe. Klaus, was haben wir da schon ausgewertet?»

Klaus van Gemmern blickte auf seinen Zettel. «Verschiedene Fabrikate: Adidas, Nike, Puma, zwei japanische Hersteller, dann Adimed und Straßenschuhe.»

«Wat is' denn Adimett?», wisperte Ackermann Berns zu, der ihm gegenübersaß.

Berns deutete stumm auf van Gemmern. Der zuckte die Schultern. «Ich muss mich noch genauer erkundigen. Aber Adimed-Schuhe trägt man, glaube ich, nach Bänderverletzungen.»

«Bänderverletzungen», murmelte Ackermann und nickte bedeutungsvoll.

Berns nahm seinen Faden wieder auf. «Die Tatwaffe haben wir noch nicht gefunden. Wir haben aber natürlich den Tatort abgeriegelt und jemanden dagelassen. Wenn wir nicht hier sein müssten, wären wir schon viel weiter. Hoffentlich bleibt es lange hell.»

Als keiner auf diese Spitze reagierte, fuhr er fort: «Zur Leiche haben wir ja schon die Meinung des Doktors gehört. So was können wir selbstverständlich nicht beurteilen, nicht wahr?»

Auch darauf erwiderte Toppe nichts.

Er öffnete das Fenster, setzte sich wieder auf seinen Platz, nahm eine Schachtel Eckstein aus der Schreibtischschublade und zündete sich eine Zigarette an.

Keiner sagte etwas.

«Was haben wir noch?», fragte Berns sich selbst. «Also, jede Menge Papierchen und Zettel, die im Schuppen, davor und in der Umgebung lagen. Die meisten sind völlig aufgeweicht und verdreckt. Klaus, du hast dir die Dinger doch angeguckt.»

«Es sind zwölf, die meisten müssen wir noch auswerten. Vier Stück waren so gut erhalten, dass ich sie entziffern konnte. Sie befanden sich alle in unmittelbarer Nähe des Leichnams.»

«Wie unmittelbar?», fragte Toppe.

«Im Umkreis von circa vier Metern. Da wäre ein Kassenbon vom ‹Grünen Warenhaus› über 93 Mark 35 vom 15. Juni 1988, dann ein Einkaufszettel, handgeschrieben, zwölf Posten. Soll ich sie vorlesen?»

«Bitte», forderte Toppe ihn auf.

«‹3 l Milch, 1 Pf. Hack, Tomaten i. d. Dose, Milkana, Apfelsaft, 200 g Schinkenspeck, Majoran, Cola, Blättchen, Steinofenbrot, 2 Pf. Käse, mittelalt, Obst.› Dann haben wir noch einen kleinen, ebenfalls handgeschriebenen Zettel, auf dem ‹Lavendel gegen Ameisen› steht, und eine abgerissene Kinokarte vom Burgtheater mit der Nummer 7086. Das wäre zunächst alles.»

«Okay», meldete sich Berns wieder zu Wort, «hinterm Schuppen in den Büschen jede Menge Müll. Unter anderem drei benutzte Pariser, ein Damenschlüpfer, weiß, Größe 40 – muss es wohl eilig gehabt haben, die Dame, hä, hä –, und eine Rewe-Plastiktüte mit einer leeren Aquavitflasche, Marke ‹Alter Kapitän›. Das war's wohl. Oder haben wir noch was, Klaus?»

«Doch, ja, auch wir konnten keine Anhaltspunkte dafür finden, dass ein Kampf stattgefunden hat.»

«Du meine Güte», staunte Breitenegger, «das ist ja tatsächlich mal ein richtiger Fall! Eine Leiche, bei der der Täter nicht gleich daneben steht. Das hatten wir schon lange nicht mehr. Ist sicher zwei Jahre her.»

Günther Breitenegger war ein besonnener Mensch. Er war dreiundfünfzig Jahre alt und kam aus Bayern, war aber schon seit vielen Jahren am Niederrhein.

«Sag mal, Toppe, was war denn das für einer, dieser Landmann?»

«Na, auf jeden Fall konnte den einer nicht leiden, das ist wohl klar», mischte sich Berns ein, bevor Toppe antworten konnte. «So, wie die Leiche aussah, muss jemand einen ganz schönen Rochus gehabt haben, für mich sieht das alles verdammt nach Rache aus.»

«Ganz genau», rief Ackermann. «Wir haben ma' 'n Lehrer vermöbelt, nachts, mit fünf Mann. Hinter de Ecke, er kommt, Sack übern Kopp un' dann drauf, aber mit Schmackes. Den hätt ons äwel ok gepiesackt.» Er geriet geradezu ins Schwärmen.

Toppe sträubten sich die Nackenhaare, wie immer, wenn jemand in diesen Dialekt fiel, von dem er nach wie vor nicht eine Silbe verstand.

«Schreien Sie nicht so, Ackermann», sagte er laut und riss sich ein Barthaar aus.

«Rache …», murmelte er dann. «Es ist wohl noch etwas zu früh, über mögliche Motive nachzudenken, solange wir den genauen Tathergang nicht kennen und praktisch nichts über das Opfer wissen.»

«Was wissen wir denn?», fragte Breitenegger.

Van Appeldorn zitierte aus Landmanns Pass. «Außerdem hat Helmut mit der Ehefrau gesprochen.»

«Ja, aber nur kurz. Morgen früh werde ich mich ausführlicher mit ihr und der Tochter unterhalten, hoffe ich. Merkwürdig erscheint mir im Moment nur, dass die Frau die Polizei nicht benachrichtigt hat, obwohl ihr Mann nicht nach Hause kam, was vorher noch nie vorgekommen war. Sie hatte wohl Angst, ihr Mann könnte wütend werden. Der legte viel Wert auf seinen untadeligen Ruf, wie sie mir erzählte.»

«Raubmord», überlegte Ackermann laut.

Keiner schenkte ihm Beachtung.

Toppe und van Appeldorn hatten Zeit genug gehabt, die wenigen Fakten, die sie bis jetzt gesammelt hatten, aufzulisten und sich die nächsten Schritte zu überlegen. Es war wichtig, ein klares Bild von der Persönlichkeit des Richters zu bekommen. Bis jetzt wussten sie so gut wie nichts über ihn.

Über ein Tatmotiv konnten sie nicht einmal spekulieren. Dafür gab es eine ganze Menge offener Fragen. Toppe hatte eine Liste erstellt. Es war ungünstig, dass das Wochenende vor ihnen lag. Einen wichtigen Anhaltspunkt mussten sie bis Montag vernachlässigen.

«Ich denke», begann er, «Berns und van Gemmern werden am Tatort noch bis Montag mit den Auswertungen zu tun haben.»

«Aber mindestens», bestätigte Berns.

«Norbert wird am Montagmorgen bei Gericht mit Landmanns Kollegen sprechen», fuhr Toppe fort. «Und ich werde gleich morgen früh mit Landmanns Familie reden. Vielleicht ergeben sich daraus schon einige Hinweise. Breitenegger, Sie werden wohl die Bereitschaft machen.»

Breitenegger brummte zustimmend und stopfte seine Pfeife. Er war daran gewöhnt, fast seine gesamte Arbeitszeit im Büro zu verbringen, denn seit Jahren schon wurde er bei Tötungsdelikten als Aktenführer eingesetzt.

«Und ich?», rief Ackermann.

«Dir, Ackermann», antwortete van Appeldorn, ohne

zu zögern, «dir werden wir natürlich einen der wichtigsten Arbeitsbereiche anvertrauen.»

Toppe runzelte unwillig die Stirn. «Die Alibis der Familie Welbers müssen überprüft werden und auch die der Leute, die bei ihnen arbeiten. Frau Matenaar und Alois Janssen. Wie ist das, Herr Ackermann, übernehmen Sie das morgen früh zusammen mit van Appeldorn?» Vorsichtshalber blickte er nicht in van Appeldorns Richtung.

«Geht klar, Chef.» Ackermann tippte sich gegen einen imaginären Mützenschirm. «Bei Mord gibt et keine Freizeit, logo.»

«Nehmt Kopien von den Zetteln mit, die der ED gefunden hat», sagte Toppe. «Und fragt mal, ob die Leute von der Gärtnerei etwas damit anfangen können. Und erkundigt euch, ob sie Landmann eventuell gekannt haben.» Ackermann schrieb sorgfältig mit.

«Was ist eigentlich mit diesem Suerick? Kann man im LKH am Wochenende mit den Ärzten und Psychologen sprechen?», fragte Toppe in die Runde.

Überraschenderweise war es van Gemmern, der darauf antwortete. «Mit den zuständigen Leuten werden Sie sicher nicht vor Montag reden können.»

«Na gut, dann würde ich vorschlagen, wir treffen uns am Montag früh um acht hier bei mir und tragen unsere Ergebnisse zusammen. Breitenegger, Sie unterrichten den Staatsanwalt, er wird sicher dabei sein wollen.» Toppe schob seine Notizen zusammen. «Norbert, ich glaube, das Gespräch mit Mutter und Tochter Landmann sollte einer allein führen.»

«Ist mir sehr recht. Ich habe morgen Mittag ein Spiel.»

Van Appeldorn spielte Fußball in der Altherrenmannschaft vom SV Siegfried Materborn.

«Aber vielleicht brauche ich dich später noch. Je nachdem, was bei dem Gespräch herauskommt.»

Van Appeldorn nickte und stand auf. Die anderen nahmen das als Zeichen und verabschiedeten sich.

Toppe hielt van Appeldorn zurück. «Mein Wagen steht noch an der Flutstraße. Kannst du mich hinfahren?»

«Sicher, und denk an den Anruf beim Chef.»

«Mach ich von zu Hause aus. Ich muss unbedingt vorher etwas Warmes essen.»

«Kannst du nicht schlafen?» Gabi strich ihm über den Arm.

«Wie spät ist es?», fragte Toppe heiser.

«Zwanzig nach zwei.»

«Ach, verdammt. Ich glaube, ich habe zu viel gegessen.» Er drehte sich auf den Rücken.

Sie kuschelte sich an ihn und streichelte ihn langsam. Er seufzte und hielt ihre Hand fest.

«Tut mir leid, ich ...»

«Ja, ich weiß schon, der neue Fall.» Sie rückte ein Stück von ihm weg.

«Sauer?», fragte er leise und küsste sie aufs Ohr.

«Nein, nicht so schlimm. Versuch zu schlafen.»

«Ja.» Er drehte sich um.

Landmann muss seinen Mörder gekannt haben, dachte er. Kein Kampf, keine Schleifspuren.

Sechs «Die Nachbarschaft ist hier sowieso nicht gut», sagte Frau Landmann. «Nebenan, Herr Rheinfeld mit seinem Naturgarten. Sie müssen wissen, unser Garten war das Hobby meines Mannes. Er konnte sich dort wunderbar entspannen.»

Sie hatte offensichtlich keine Probleme mehr mit der Vergangenheitsform.

«Aber immer dieser Unkrautsamen von Rheinfeld. Das heißt, Unkraut darf man ja heute gar nicht mehr sagen, Wildkräuter sind das. Außerdem tummeln sich dort die Maulwürfe. Sie müssten sich mal unseren Rasen ansehen. Mein Mann hat ganze Nächte draußen verbracht und darauf gewartet, einen zu erwischen. Der Erfolg war gleich null.»

«Gab es mit dem Nachbarn Streit deswegen?», fragte Toppe.

«Ständig, aber in letzter Zeit lief das alles nur noch über unseren Anwalt. Ich habe mich auch nicht viel darum gekümmert. Möchten Sie noch einen Kaffee?»

Toppe nickte. Schon als er vor einer halben Stunde angekommen war, hatte sie einen gefassten Eindruck gemacht. Sie trug eine dunkelbraune Hose und eine matt glänzende, lange, etwas hellere Bluse. Um die Schultern hatte sie ein buntbedrucktes Seidentuch geschlungen. Ihr Haar hatte sie hochgesteckt, und wenn sie geweint hatte, so hatte sie die Spuren geschickt überschminkt. Nichts erinnerte mehr an ihren gestrigen Zusammenbruch. Es fiel Toppe schwer, die beiden Eindrücke zusammenzubringen.

Sie saßen im Wohnraum am Esstisch, Toppe an der Stirnseite, Frau Landmann links von ihm, rechts saß Sabine. Das Mädchen hatte kurze rote Locken, ein sympathisches, ungeschminktes Gesicht und war noch ein wenig pummelig. Sie trug Jeans und ein dunkelblaues Sweatshirt. Selbst Toppe konnte erkennen, dass beides teuer war. Bis jetzt hatte sie noch nichts gesagt, saß nur still und aufmerksam da und nippte an einem Glas Milch.

Toppe wunderte sich, dass keine der beiden bisher wissen wollte, was eigentlich genau passiert war.

Frau Landmann schien dieses Gespräch wie eine Pflichtaufgabe zu behandeln. Er fragte, sie antwortete. Gegenfragen stellte sie nicht.

«Und die Nachbarn an der anderen Seite?», fragte Toppe.

«Das können Sie sich doch wohl vorstellen», antwortete Frau Landmann kühl. «Seit es diese Mopedgruppe gibt, ist hier der Teufel los.»

«Wie lange gibt es die denn schon?»

«Ach, seit drei Jahren ungefähr. Kurz nachdem die Blocks fertig waren.»

«Die Blocks sind erst vor drei Jahren gebaut worden?» Toppe mochte es nicht glauben.

«Ja, natürlich, oder denken Sie, wir hätten sonst das

Haus hier gekauft? Mein Mann hatte die Zusicherung der Stadt, dass dieses Grundstück dort unbebaut bleiben würde. Es hat einen langen Rechtsstreit gegeben, den mein Mann leider verloren hat. Man kennt das ja: Letzten Endes sitzt die Stadt immer am längeren Hebel.»

Nach kurzem Zögern wandte Toppe sich an Sabine. «Kennen Sie die Jungen von der Mopedgruppe?»

«Ich?» Sie errötete leicht. «Kennen nicht. Nur so vom Sehen. Die düsen ja dauernd um mich herum, wenn sie mich entdecken, und machen mich an. Ich bin immer froh, wenn die nicht da sind.»

«Mein Mann hat sich oft beschwert», begann Frau Landmann wieder. «Aber das hat ja keinen Sinn bei diesen Leuten, mit denen ist einfach nicht zu reden. Zwei- oder dreimal hat er die Polizei hingeschickt wegen ruhestörenden Lärms. Aber Sie wissen bestimmt selbst, wie so etwas läuft. Geändert hat das jedenfalls nichts. Na ja, und vor drei Wochen hat mein Mann dann schließlich Anzeige erstattet. Und seitdem ist es erst richtig schlimm geworden.»

Sie verlor tatsächlich ein wenig die Beherrschung. «Wollen Sie es einmal sehen?», fragte sie. «Sabine, lass doch mal die Läden runter.»

«Kommen Sie.» Frau Landmann stand auf.

Toppe schaute verwirrt von einer zur anderen. Sabine schmunzelte. Sie schien Sinn für Komik zu haben. «Schauen Sie sich das an», rief Frau Landmann und ging zur Haustür hinaus. Toppe folgte ihr und begriff endlich, was sie gemeint hatte. Auf die Rollläden hatte jemand von außen mit schwarzer und roter Farbe Unflätigkeiten gesprüht.

«Wichser» las er und «Nazisau». «Fuck» stand dort neben einschlägigen Symbolen.

Er schwieg.

«Na ja», meinte Frau Landmann und ging wieder hinein. «Außerdem klingelt fast jede Nacht zwei-, dreimal das Telefon, und niemand ist dran. Lauter unangenehme Dinge eben.»

Als sie ins Wohnzimmer zurückkamen, hatte Sabine die Läden schon wieder hochgezogen.

«Und zweimal haben sie uns in den Briefkasten gepisst», sagte sie.

«Sabine!» Frau Landmann warf Toppe einen entschuldigenden Blick zu.

«Stimmt doch aber, oder?» Sabine grinste. Sie setzte sich nicht wieder. «Ich muss los zur Probe.»

Frau Landmann schaute auf ihre Armbanduhr. «Jetzt schon?»

«Probe?», fragte Toppe.

«Ja, an unserer Schule gibt es eine Theater-AG. Wir proben auch in den Ferien, samstags immer ab elf, Ende offen.»

Toppe lächelte versonnen. «Schülertheater», sagte er. «Hab ich auch mal gemacht. Und? Welches Stück spielt ihr?»

«Eins von Mrozek, ‹Tango›. Kennen Sie das?»

«Mrozek kenne ich, aber ‹Tango›? Nein, ich glaube, nicht. Mrozek hat mir immer gefallen. Aber der ist doch ziemlich schwierig. Ihr müsst ganz schön gut sein.»

«Ja, wir sind gar nicht so schlecht, glaube ich.»

«Und Sie? Haben Sie viel Text?»

«Ja, schon. Ich spiele die Mutter. Im Oktober ist die Aufführung. Wollen Sie nicht kommen? Es steht dann noch in der Zeitung, wann genau.»

«Bestimmt», sagte Toppe und meinte es auch.

«Wenn Sie Lust haben, können Sie auch ruhig mal zur Probe kommen. Da sind immer Zuschauer.» Sie hatte rote Wangen bekommen.

«Wenn ich es schaffe, komme ich bestimmt. Sebus-Schule?»

«Ja, genau.»

Er hatte nicht übel Lust, den Fall Fall sein zu lassen und einfach mitzugehen. Aber das war natürlich unmöglich.

Als Sabine türenschlagend das Haus verlassen hatte, wendete er sich wieder Frau Landmann zu. «Ihr Mann hatte also Ärger mit diesen Motorradleuten?»

Er merkte sofort, dass es eine miserable Frage war, und ärgerte sich über seine Unkonzentriertheit.

Die Antwort war dementsprechend dünn. «Ja.» Sie schaute wieder auf ihre Uhr.

«Hatte Ihr Mann ein Arbeitszimmer oder einen anderen Platz, an dem er persönliche Dinge aufbewahrte?»

«Ja, ein Arbeitszimmer. Wollen Sie es sehen?»

«Bitte.»

Sie führte ihn in einen Raum, der zur Straße hin lag. Es war das klassische Arbeitszimmer eines erfolgreichen Mannes. An drei Wänden Bücherregale bis unter die Decke, an der Fensterseite ein wuchtiger Eichenschreibtisch mit einem dunklen Ledersessel davor.

«Ich würde mich gern eine Weile umsehen.»

Frau Landmann verstand sofort. «Ich muss noch einige Telefongespräche führen. Darf ich Sie einen Moment allein lassen?»

Er antwortete mit einer ähnlich leeren Floskel und fing an, sich im Raum umzusehen. Die Bücher waren sorgfältig sortiert. Hauptsächlich Fachliteratur und ausgesuchte, ledergebundene Klassiker, viele Philosophen. Toppe entdeckte eine sehr teure Goethe-Gesamtausgabe, viel Thomas Mann, Schopenhauer und Nietzsche. Kein Kant, kein Schiller.

Nichtraucher, stellte er fest, als er eine Zigarette angezündet hatte und keinen Aschenbecher fand. Er öffnete das Fenster und warf die angerauchte Zigarette in den Vorgarten.

Auf dem Schreibtisch war alles rechtwinklig ausgerichtet. Eine Schreibunterlage aus grünem Leder, dazu passend ein Tintenlöscher und eine Stiftablage. Links von der Unterlage ein Tischkalender.

Toppe setzte sich auf die Sesselkante und nahm den Kalender in die Hand. Unter vielen Daten gab es Eintragungen, Termine, allerdings nur in Kürzeln. Gespannt schlug er den 18. August auf und fand die Eintragungen «Che» mit einem Fragezeichen und «B. S. wg. Do».

Er ertappte sich dabei, dass er die Luft anhielt. «B. S.» und «Che». Sofort dachte er an Che Guevara, aber angesichts der konservativen Ausstattung des Arbeitszimmers und der peniblen Ordnung hier erschien ihm diese Assoziation unpassend.

Langsam blätterte er im Kalender zurück. Das «B. S.» tauchte häufiger auf. Das zweite «Che» hätte er beinahe übersehen. Es war klein und ging fast unter in der Fülle der Termine an diesem Tag, dem 14. Juli.

Toppe beschloss, den Kalender mitzunehmen, um ihn näher zu untersuchen, und öffnete die mittlere Schublade. Dort fand er einen Stapel weißes Papier, DIN A4, mit einem blassblauen, verschlungenen Monogramm in der rechten oberen Ecke – AFL – und einen Packen Rechnungen von der Klever ARAL-Tankstelle, mit einer großen Büroklammer zusammengehalten. Das war schon alles.

Im linken Fach standen unbeschriftete Ordner. Er zog wahllos einen heraus und fand Gerichtsakten. Offensichtlich hatte Landmann auch zu Hause gearbeitet. Er nahm die Ordner an sich, auch sie bedurften einer näheren Untersuchung. Vielleicht konnte van Appeldorn sich damit beschäftigen, schließlich hatte der mal drei Semester Jura studiert.

Im rechten Fach lagen, nach Jahrgängen sortiert, Vorlesungsverzeichnisse der Uni Bonn aus den sechziger Jahren, alle in Folie eingebunden. Obenauf ein dunkelrotes Fotoalbum. Toppe betrachtete die Bilder auf den ersten Seiten. Sie schienen alle aus Landmanns Unizeit zu stammen. Offenbar hatte er einer Verbindung angehört. Zahlreiche Fotos zeigten ihn, mal allein, mal mit Brüdern, im Wichs, mit Kappe und gefülltem Bierkrug. Lauter blondglatte Jungsgesichter, tiefernst und wichtig.

Toppe blätterte weiter. Alle Fotos hatten das gleiche Thema: Jungmänner unter sich, auf Maifahrt, unter Sommerbäumen, im Lokal. «Durch jede Kneipe geht ein Zug von Homosexualität», ging es ihm unwillkürlich durch den Kopf. Er legte das Album zurück, nahm den Kalender und die Akten und verließ den Raum.

Im Flur traf er auf Frau Landmann, die immer noch telefonierte. «Ja, Mutter, ja. Ich rufe dich an, sobald ich Bescheid weiß. Natürlich, Mutter. Bis später.» Damit legte sie auf und schaute ihn fragend an.

«Frau Landmann, ich habe diesen Kalender gefunden, in dem Ihr Mann sich offensichtlich Termine und Verabredungen notiert hat.»

Sie nickte. Er schlug den Kalender beim 18. August auf. «Leider finde ich nur Abkürzungen. Sagen die Ihnen etwas?»

Sie sah auf das Blatt und schüttelte langsam den Kopf. «‹B. S.› ist vielleicht ein Name, aber ‹Che›? Nein, ich habe keine Idee. ‹Wg. Do› heißt sicher ‹wegen Donnerstag›. Das hat er immer so abgekürzt. Aber wissen Sie, ich habe noch nie in diesen Kalender geschaut. Das Arbeitszimmer war das Reich meines Mannes, und er hatte es nicht so gern ...» Sie führte den Satz nicht zu Ende, sondern zuckte die Achseln. «Ich weiß wirklich nichts damit anzufangen.»

«Gut, aber vielleicht denken Sie noch einmal in Ruhe darüber nach. Wenn Ihnen doch noch etwas einfällt, können Sie mich anrufen, ja?»

Sie nickte.

«Ich möchte den Kalender und diese Ordner gern mitnehmen. Ist Ihnen das recht?»

«Ja, natürlich, Herr Toppe, wenn Ihnen das hilft.» Sie blieb abwartend neben dem Telefon stehen.

«Tja», sagte Toppe, «im Moment wäre das alles. Ich melde mich bald wieder bei Ihnen.»

Sie ging an ihm vorbei zur Tür, öffnete sie und reichte ihm ihre kühle und trockene Hand.

Wir haben nichts miteinander zu tun, dachte Toppe und ging.

Er setzte sich in seinen Wagen und zündete sich seine letzte Eckstein an. Am besten nahm er diese Motorradsache gleich in Angriff, aber auf keinen Fall allein. Er erinnerte sich, dass es gleich neben der Grundschule eine Telefonzelle gab.

«Hallo», meldete sich van Appeldorns Freundin.

Er konnte es nicht leiden, wenn Leute am Telefon ihren Namen nicht nannten, und war entsprechend kurz angebunden. «Toppe hier. Kann ich Norbert sprechen?»

«Nein, der ist noch beim Fußball. Aber das Spiel ist längst aus. Vielleicht versuchen Sie es mal im Vereinslokal Wanders.»

«Ja, danke. Auf Wiedersehen.»

Er kam nicht gut aus mit van Appeldorns Freundin. Warum das so war, wusste er eigentlich gar nicht so genau. Marion war geschieden, hatte eine siebenjährige Tochter und lebte schon seit ein paar Jahren mit seinem Kollegen zusammen. Toppe fand sie ein wenig forsch, und ihm war in ihrer Nähe immer etwas unbehaglich, dabei sah sie sehr gut aus. Wie ausgerechnet van Appeldorn mit ihrem großen Engagement in Frauenfragen klarkam, war ihm schleierhaft.

«Norbert? Hier ist Helmut.» Er hatte ihn tatsächlich in der Kneipe erreicht. «Ich bin noch in der Annabergstraße. Kannst du kommen?»

«Was? Jetzt?»

Toppe fasste die Situation kurz zusammen, und van Appeldorn machte keinen Hehl daraus, dass ihm der Sinn nicht nach Arbeit stand, ließ sich dann aber doch breitschlagen.

Sie trafen sich vor den Wohnblocks.

«Meine Güte, hast du eine Fahne», knurrte Toppe vorwurfsvoll. «Wie viele Biere hattest du denn schon?»

«Nicht genug», antwortete van Appeldorn und schloss sorgfältig sein Auto ab.

Toppe sagte nichts mehr. Einen angetrunkenen van Appeldorn hatte er immer noch lieber an seiner Seite als die meisten anderen Kollegen in stocknüchternem Zustand.

«Übrigens, Landmann muss seinen Mörder gekannt haben», bemerkte van Appeldorn beiläufig.

Toppe war nicht überrascht. «Ja», bestätigte er, «oder die Mörder.»

Die Häuser wirkten wie ausgestorben. Nicht einmal Kinder waren zu sehen oder zu hören.

«Hängen alle vor der Glotze», vermutete van Appeldorn.

Toppe ging schnell auf die erste Haustür zu und legte seinen Finger auf die Klingel. Es dauerte eine Weile, dann hörte man schlurfende Schritte. Die dicke Frau aus dem Fenster öffnete die Tür. Ein unangenehmer Geruch schlug ihnen entgegen. Es war eine Mischung aus Urin, abgestandenem Putzwasser, ranzigem Öl und kaltem Rauch. Die Frau trug einen schmuddelig weißen, gesteppten Morgenrock, ihre nackten Füße steckten in Frotteelatschen. Sie hatte dicke, gelbe Hornhaut an den Zehen.

«Wat is'?», blaffte sie.

Van Appeldorn schob sich an Toppe vorbei. «Polizei», sagte er laut. «Wir wollen jemanden von der Mopedgang sprechen.»

Die Frau lachte aggressiv. «Gang? Wat is' dat denn? Meinste unsern Heinz?»

«Weiß ich nicht», antwortete van Appeldorn. «Hat Heinz ein Moped?»

«Dat will ich meinen! 'ne Kreidler. Teuer genucht, dat Ding.»

«Und wo steckt Heinz?»

Sie glotzte ihn an und brüllte ihm dann mitten ins Gesicht: «Heinz! Kommes effkes hier!»

Zuerst tat sich nichts, aber dann öffnete sich im Hintergrund eine Tür, und ein Junge erschien. Er konnte nicht viel älter als sechzehn sein und trug eine schwarze Kunstlederhose und ein schwarzes T-Shirt.

«Bullen», schnaubte er, als er zur Tür kam. «Wat is'?»

«Gehörst du zu der Mopedgang?», fragte van Appeldorn und trat einen Schritt vor.

«Wüsstete wohl gern, wa?» Er grinste aufsässig.

Toppe schob van Appeldorn beiseite. «Ja, das wüssten wir gern», sagte er bestimmt. «Und jetzt passen Sie mal gut auf. Das hier ist überhaupt nicht komisch. Wir ermitteln in einem Mordfall. Ihr Nachbar, Herr Landmann, ist umgebracht worden. Wir haben Hinweise darauf, dass Ihre Mopedgruppe Ärger mit ihm hatte. Und …» Er machte eine kleine Pause. «Und innerhalb von zwanzig Minuten möchte ich Ihre komplette Truppe hier haben.» Für seine Verhältnisse war er sehr laut geworden.

Heinz riss die Augen auf. «Mordfall? Dat gibbet doch wohl nich'! In zwanzig Minuten? So kannste doch nich' kommen, Mann. Ich muss doch ers' ma' gucken, wer da is'.»

Kopfschüttelnd verschwand er im Haus.

«Mord?», keifte die weißgesteppte Mutter. «Mein Heinz? Ihr habt doch 'n Bälleken!»

«Lass uns draußen warten», bemerkte van Appeldorn. «Hier stinkt's.»

Sie warteten schweigend neben dem kümmerlichen Bäumchen zwischen den Häusern.

Endlich tat sich etwas. Heinz eilte mit finsterem Blick zum Nachbarblock und verschwand.

In den Türen erschienen Jugendliche, alle ähnlich gekleidet, schwarze Kunstlederhosen, schwarze T-Shirts oder Hemden. Sie blieben in gebührender Entfernung stehen. Keiner sagte etwas.

Kurz darauf erschien Heinz wieder. Im Schlepptau eines großen, dünnen Jungen, der sich von den anderen dadurch unterschied, dass er ein rotes T-Shirt trug und breite schwarze Lederarmbänder. Er schien älter zu sein als die anderen, Anfang zwanzig etwa. Sein dunkles Haar hatte er nach oben gekämmt, und er trug eine verspiegelte Sonnenbrille.

Zielstrebig kam er auf Toppe zu.

«Tach. Wat is' los?»

«Wer sind Sie?», wollte Toppe wissen.

«Wer bist du denn?»

«Ich bin Hauptkommissar Toppe von der Mordkommission. Und das ist mein Kollege van Appeldorn.»

«Mordkommission? Stark! Und?»

«Wer sind Sie?», fragte Toppe wieder.

«Ich bin Ecki.»

«Ecki, und wie weiter?»

«Na, Ecki eben. Das reicht.» Er stemmte die Arme in die Seiten und blickte Toppe herausfordernd an.

«So, mein Junge, jetzt pass mal auf.» Van Appeldorn packte ihn fest am Oberarm. «Damit du gleich weißt, wo es langgeht. Mord. Bist hier der Obermacker, wie? Dann kapierst du ja vielleicht ein bisschen schneller als die anderen Pfeifen hier. Ich sag es noch mal: Mord. Da hörst du am besten auf, hier dumm rumzulabern. Faxenmacher wie dich haben wir besonders gern.»

«Ist ja gut, Mann.» Ecki schüttelte van Appeldorns Hand ab. «Komm wieder runter. Ich hab es ja gerafft. Mach doch nich' so 'n Larry, Alter.»

Dann kümmerte er sich nicht weiter um van Appeldorn, sondern sprach Toppe an: «Was haben wir denn damit zu tun, Chef?»

Die Jungen rückten näher, standen nun im Kreis um sie herum

«Das weiß ich noch nicht. Wir haben Herrn Landmann gefunden. Er ist erschlagen worden. Wir wissen, dass Sie eine Menge Ärger mit ihm hatten und dass Sie ihn bedroht haben.»

Es war ein etwas gewagter Schuss ins Blaue, aber seine Sorge war unbegründet. Ecki startete wie eine Rakete.

«Der Richter? Der alte Sack. Erschlagen? Arme Sau. Aber verdient hat er das, was Jungs?»

Keiner antwortete ihm, alle sahen zu Boden.

«Jetzt aber mal halblang, Chef», redete Ecki weiter. «Mord! Damit haben wir nix am Hut. Der war ein Arschloch, echt. Der hat uns angeschissen, und da haben wir ihm mal gezeigt, wo's langgeht. Aber Mord? Nee, Chef, das ist nicht unsere Kragenweite.»

«So, nicht eure Kragenweite?», schnauzte van Appeldorn. «Ich möchte die Namen von euch allen, jetzt sofort. Du da hinten fängst an. Aber ein bisschen plötzlich.»

Toppe mochte den Ton nicht, er mochte die ganze Situation nicht. Gut, es war die alte Strategie, die bewährte Taktik «guter Bulle, böser Bulle». Er war der Ruhige, Verständnisvolle, van Appeldorn gab den Berserker. Es funktionierte gut, fast blind mittlerweile, hatte auch meist den gewünschten Erfolg, aber er fühlte sich nie wohl dabei.

«Sag mal, bist du hier der Boss, oder was?», sprach Ecki ihn wieder an. «Kannst du deinen Bello nicht zurückpfeifen?»

Toppe unterdrückte ein Grinsen. «Wo waren Sie vorgestern zwischen 18 und 23 Uhr?»

«Was, vorgestern? Warte mal. Also bis fünf so waren wir am Baggerloch in Kranenburg, und dann sind wir alle zu Max.»

«Max?»

«Das Billardcafé an der Königsallee.»

«Sie alle?»

«Logo, wir und die Perlen.»

«Ihre Freundinnen?»

«Ihre Freundinnen», echote Ecki mit spitzem Mund. «Klar, Chef, mit unseren Freundinnen.»

«Kennen Sie Sabine Landmann?»

«Kalte Tussi. Nee, kenn ich nicht.»

«Wie haben Sie Herrn Landmann denn gezeigt, wo es langgeht?»

«Was?»

«Na, was haben Sie gemacht, und warum?»

«Ja, Mann, der Arsch. Hetzt uns glatt die Bullen auf den Hals. Und die haben uns erst mal die Öfen stillgelegt, ist ja klar. Und da haben wir uns gesagt, so 'n bisschen Rache tät dem wohl mal ganz gut.»

«Und wie sah die Rache aus?»

Ecki grinste breit. «Was man so macht. 'n bisschen Graffiti, Luft aus den Reifen und, Mann, das Übliche eben. Kennst du dich nicht aus?»

Toppe antwortete nicht.

«Aber an die Wäsche sind wir dem nicht gegangen, ej. So was ist nicht unser Ding.»

Van Appeldorn kam mit seinem Block in der Hand.

«Die anderen habe ich. Jetzt fehlt mir nur noch dein Name, du Oberkomiker.»

Ecki nahm Haltung an. «Eckard Gellings», salutierte er.

«Na siehst du, es geht doch.»

Ecki lief rot an. «Ich weiß, wo du wohnst, ej. Starstürmer, was? Und deine Alte kenn ich auch.»

Van Appeldorn lächelte ihn freundlich an. «Ich bin ganz sicher, ihr hört noch von uns.» Damit drehte er sich um und ging mit schnellen Schritten zum Auto.

Toppe folgte ihm. «Auf Wiedersehen.»

Nur Ecki antwortete. «Wiedersehn, Chef.»

«Na, hat doch wieder mal wunderbar geklappt», freute sich van Appeldorn, als er in sein Auto stieg. «Und? Was glaubst du?»

Toppe schüttelte den Kopf. «Bei denen ist nichts zu holen.»

«Seh ich genauso. Tschüss dann, bis Montag.»

Toppe war noch am Bau vorbeigefahren. Nicht, dass ihm der Sinn danach gestanden hätte, aber er konnte schlecht seinen Schwiegervater kostenlos für sich arbeiten lassen, ohne sich wenigstens einmal blicken zu lassen. Im Nachhinein wünschte er sich, er hätte es nicht getan, denn man hatte ihm wieder einmal nur bewiesen, wie überflüssig er auf der Baustelle war.

Er schloss die Haustür auf und trat in den Hausflur. Wie immer öffnete sich die Wohnungstür im Erdgeschoss, und Frau Funke steckte ihren grauen Kopf heraus.

«Ach, Herr Toppe, gut, dass ich Sie treffe. Der Christian hat gestern wieder so mit der Türe geknallt. Ich bin fast vom Sofa gefallen.» Sie schaute ihm mit ihren kleinen Augen frech ins Gesicht.

«Ich kümmere mich darum, Frau Funke», sagte Toppe und ging an ihr vorbei die Treppe hinauf.

Gabi hatte ihn wohl gehört und öffnete die Tür. Sie trug nur einen Slip und ein T-Shirt

«Du bist schon da? Ich wollte gerade duschen.»

«Ich habe Hunger.» Er legte die Akten und den Kalender auf den Telefontisch.

«Wie immer.» Sie schmunzelte. «Warte, ich mach dir schnell was.»

«Wo sind die Jungs?»

«Drüben, auf dem Bolzplatz.»

Sie gingen in die Küche. Er warf seine Jacke auf einen Stuhl und wusch sich die Hände im Spülbecken. Gabi fing an, in der Pfanne zu rühren, die schon auf dem Herd gestanden hatte.

Er umfasste sie von hinten.

«Hee!» Sie drehte sich um, den Küchenfreund in der Hand. «Was ist los?»

«Ich weiß nicht genau», murmelte er, den Mund an ihrem Hals. «Haben die Jungs einen Schlüssel?» Er legte die Hände auf ihren Po.

«Ja», antwortete sie und küsste ihn.

«Scheiße.»

Damit setzte er sich an den Küchentisch.

«Wir sind heute Abend bei Sofia und Arend eingeladen, das hast du wahrscheinlich vergessen.»

«Ja, hab ich.»

«Dachte ich mir. Arend hat neuen Wein, und wir sollen ihn probieren kommen.»

Toppe brummte zufrieden. Heute war es ihm ganz egal, welchen Wein es gab, Hauptsache genug.

Sieben Der Sonntag verlief ereignislos, was den Mordfall Landmann anging.

Ackermann verbrachte den Tag bei der Familie seiner Frau in Cujk. Es war warm genug, im Garten zu sitzen, und um drei Uhr schlug sein holländischer Schwager das erste Fass an. Man tauschte die alten Witze über «Kaasköppe» und «Moffe», geriet sich wie üblich gegen Ende des Fasses in die Haare, um sich nach dem ersten Drittel des zweiten Fasses wieder in den Armen zu liegen. Als Ackermann gegen Mitternacht sein Bett fand, hatte er nicht einen Gedanken an Landmann verschwendet.

Günther Breitenegger verbrachte das Wochenende im Präsidium. Er hatte Bereitschaft und sollte die hereinkommenden Anrufe zum Fall Arno Landmann entgegennehmen. Am Sonntagmorgen stellte er fest, dass es ausnahmsweise einmal nicht regnete. Normalerweise hätte er an einem Tag wie diesem um sechs Uhr früh seine Frau geweckt. Während sie dann Kaffee machte und den Proviant in den Rucksack packte, hätte er kalt geduscht und wäre in seine Kniebundhosen und seine Wanderstiefel gestiegen. Um sieben Uhr hätten sie mit Franz-Josef, ihrem Dackel, das Haus verlassen und wären in die «Hooge Veluwe» gefahren, um zu wandern. Gegen neunzehn Uhr wären sie zurückgekommen und hätten alle drei das Gefühl gehabt, einen großartigen Tag verbracht zu haben.

So aber saß er lesend und Pfeife rauchend an seinem Schreibtisch. Dreimal nahm er den Telefonhörer in die Hand. Einmal, um dem Staatsanwalt den Termin der Tagesbesprechung am Montag mitzuteilen, zweimal, um seine Frau aufzumuntern.

Van Appeldorn hatte eigentlich ausschlafen wollen. Anna, Marions Tochter, verbrachte das letzte Ferienwochenende bei den Großeltern, und er hatte voller Vorfreude abends den Wecker abgestellt. Mit Marion hatte er nicht gerechnet. Sie machte es gern morgens, nach dem Aufwachen. Er hatte nichts dagegen. Danach schlief er wieder ein, bis er Marion im Bad singen hörte. «Komm duschen», rief sie, und er kannte den Tonfall gut. Einen Augenblick zweifelte er an seinen Kräften, aber seine Bedenken waren, wie fast immer, unbegründet.

Später las er ausgiebig den «Kicker» der letzten Woche und aß ausgesprochen gut zu Mittag, denn Marion hatte tatsächlich Ruhe und Lust gehabt zu kochen. Am Nachmittag holten sie gemeinsam das Kind ab, machten noch einen Spaziergang und gingen früh zu Bett.

Van Appeldorn hatte ein paarmal an Landmann gedacht und einen Moment lang sogar mit dem Gedanken gespielt, bei Toppe vorbeizufahren und sich den Kalender anzusehen, den Toppe am Telefon erwähnt hatte, ihn dann aber sofort wieder verworfen.

Toppe hatte so seine Probleme an diesem Sonntag. Den ganzen Vormittag lag er im Bett und pflegte seinen Kater. Nicht sehr erfolgreich allerdings, denn Gabi hatte anscheinend beschlossen, keine Rücksicht auf ihn zu nehmen. Sie ließ die Jungen in der Diele Fußball spielen, mit den Türen knallen und auf höchster Lautstärke «Don't worry, be happy» hören, siebenmal hintereinander.

Um halb zwölf gab er auf und schälte sich vorsichtig aus dem Bett. Das Schwindelgefühl kam in kurzen Wellen, und der Geschmack in seinem Mund war einfach widerlich.

Mühsam versuchte er, seine Gedanken zu ordnen, und stellte erschrocken fest, dass er tatsächlich einen Filmriss hatte. Irgendwann gestern Abend in Arends Weinkeller musste er mächtig abgestürzt sein. Das passierte ihm selten, und wenn, dann war es ihm, so wie auch jetzt, ziemlich peinlich. Er kramte Erinnerungsfetzen hervor. Am Anfang des Abends hatten sie ganz kurz über Arends Befund und den Toten geredet. Dann hatten sie lange und gut gegessen, und später waren Sofia und Gabi ins Atelier gegangen, und Arend hatte ihn in sein neues Refugium, den Weinkeller, mitgenommen. Worüber hatten sie nur gesprochen? Er bekam es nicht mehr zusammen. Er wusste nur, dass er sich seit langer Zeit mal wieder sauwohl gefühlt hatte. Und dann?

Er tappte in die Küche. «Morgen.»

Gabi drehte sich nicht einmal um, sondern schnitt weiter Porree für die Rindfleischsuppe.

Ächzend ließ er sich auf den Stuhl fallen.

«War's schlimm?», fragte er kleinlaut.

Sie drehte sich ruckartig um und blitzte ihn an. «Noch viel schlimmer. Du hast dich total danebenbenommen. Gekotzt hast du auch.»

«Was? Ich? Gekotzt? Wann?» Er rülpste.

«Auf dem Heimweg. Ich musste zweimal anhalten. Und außerdem hast du gesungen, und zwar laut.»

Toppe blieb der Mund offenstehen. «Ich habe gesungen? Was denn?»

«Na, irgend so ein Lied mit Gaudi ... Ich weiß nicht, wie das heißt.»

«Gaudeamus igitur? Kann ich das denn? Das kann ich doch gar nicht!»

«Gesungen hast du jedenfalls. Auch im Hausflur hast du weitergesungen und Sachen gesagt.»

«Sachen?»

Sie war wirklich sauer und drehte sich wieder weg.

«Was denn für Sachen?»

«Ich soll mich ausziehen. Und über meinen Hintern und so.»

«Ich?» Toppe fasste es nicht.

Er stand auf und nahm sie in die Arme. «Muss ich jetzt meinen Anwalt anrufen?» Er kuschelte sich an sie.

«Die Funke muss alles mitgekriegt haben. Was meinst du, was ich mir jetzt wieder anhören darf?», schimpfte sie.

«Tut mir ehrlich leid, Gabi. Aber weißt du, die Funke hätte auch was zu quatschen, wenn nichts passiert wäre.» Er rieb sich die Stirn. «Ich kriege den ganzen Abend nicht mehr auf die Reihe.»

«Das glaub ich gern. Arend war wohl auch nicht besser dran, das tröstet mich. Sofia hat mich eben angerufen. Aber die wohnen ja wenigstens alleine da draußen. Willst du einen Kaffee?»

«Nee, ich glaube, den verkrafte ich noch nicht. Machst du mir einen Tee?»

Er setzte sich wieder an den Tisch und bewegte vorsichtig den Kopf hin und her. «Und eine Tablette brauche ich auch.»

«Nichts da, mein Schatz. Wer saufen kann, der braucht keine Tablette.»

Er litt fast den ganzen Sonntag hindurch. Jedes Geräusch war ihm zu laut, jede Bewegung zu hektisch, das Licht viel zu grell. Aber er bemühte sich redlich. Sie unternahmen einen Spaziergang in Kessel, die Niers entlang, und langsam besserten sich sein Zustand und seine Laune. Er warf mit den Jungen Steine und Stöcke ins Wasser, spielte auf einer Wiese Fußball mit ihnen und küsste Gabi oft.

Gegen Abend war er wieder klar, und als Gabi sich vor den Fernseher setzte, um sich den neuen Schimanski-Tatort anzusehen, fasste er die ersten vernünftigen Gedanken zum Fall Arno Friedrich Landmann.

Er telefonierte mit van Gemmern. Danach nahm er den Kalender und blätterte ihn sorgfältig, Seite für Seite, durch. Ab und zu notierte er etwas.

Als Gabi ins Bett gegangen war, machte es ihm fast Spaß, seine Berichte zu tippen.

Acht Die Einzigen, die wirklich das ganze Wochenende durchgearbeitet hatten, waren die Leute vom Erkennungsdienst gewesen.

Allein die Fülle der Schuhspuren stellte ein Problem dar. Es waren einfach unzählige Menschen in der Umgebung des Leichenfundorts herumgelaufen: Kunden der Gärtnerei, Jogger, Spaziergänger. In der wohl berechtigten Annahme, dass der Täter sich in unmittelbarer Nähe der Leiche aufgehalten haben musste, hatte man sich schließlich darauf geeinigt, einen abgesteckten Radius von fünf Metern um den Fundort herum genauestens zu untersuchen. Zusätzlich hatte man die Umgebung von Landmanns Auto näher unter die Lupe genommen. Aber nicht nur die Schuhspuren waren zahlreich. Im Prinzip konnte jedes andere in der Nähe des mutmaßlichen Tatorts gefundene Ding zu einer wichtigen Spur werden, die letztlich zum Täter führte. Jede weggeworfene Zigarettenschachtel, jede Kippe sogar, jeder Papierfetzen konnte wichtig sein. Natürlich gab es auch davon eine Unzahl, wie überall an Waldrändern und Parkplätzen. Es wäre eine unmögliche Aufgabe gewesen, all diese Fundstücke auszuwerten oder auch nur zu erfassen. Deshalb hatte man sich auch dabei notgedrungen auf einen begrenzten Bereich einigen müssen. Die Erfahrung brachte es mit sich, dass man diese notwendigen Begrenzungen nicht als Unzulänglichkeit empfand.

Auch Arend Bonhoeffer hatte am Wochenende gearbeitet. Nachdem der Staatsanwalt die Obduktion der Leiche angeordnet hatte, hatte Bonhoeffer am Freitag und Samstag seine Untersuchungen durchgeführt und einige Schnellschnitte, Gewebe- und Blutproben ins Labor geschickt. Die Ergebnisse würden noch einige Tage auf sich warten lassen. Trotz seines angeschlagenen Zustandes am Sonntag musste er seinen Bericht diktieren, denn seine Sekretärin sollte ihn am Montagmorgen als Erstes tippen.

Jeder in der Soko war Profi genug zu wissen, dass man jetzt am Ball bleiben musste. Jede Nachlässigkeit zum jetzigen Zeitpunkt würde sich bitter rächen, denn wenn eine Spur erst einmal verwischt oder erkaltet war, konnte man sie nicht mehr verwerten. Alle waren sich im Klaren darüber, dass in den nächsten Wochen ein Achtstundentag nicht zu erwarten war.

Berns und van Gemmern hatten beide an diesem Wochenende bis zur Erschöpfung, mit nur wenigen Stunden Schlaf, durchgearbeitet.

Toppe betrat am Montag um drei Minuten vor acht sein Büro und fand dort bereits Paul Berns, der am Fenster stand und mit den Fingern gegen die Scheibe trommelte. Man sah ihm die langen Arbeitsstunden an: Die Tränensäcke traten noch deutlicher hervor, seine Lippen waren spröde, und er hatte sich nicht rasiert.

Toppe dachte an seinen eigenen Samstagabend und den müßigen Sonntag und fühlte sich fast ein wenig schuldig. Aber jedes Mitgefühl verstummte sofort, als Berns ihn begrüßte.

«Na», schnauzte er, «einen geruhsamen Sonntag verbracht?»

Toppe biss die Zähne zusammen und legte Landmanns Akten und den Kalender auf den Schreibtisch. «Danke, es geht.»

Breitenegger und van Appeldorn betraten gemeinsam das Büro, kurz nach ihnen kam Ackermann, der ungewohnt leise grüßte.

«Was ist los, Ackermann?» Van Appeldorn tätschelte ihm den Kopf. «Schlecht geschlafen?»

«Nee, aber 'n Kopp wie 'n D-Zug. Eins von den vierzig Bierkes muss schlecht gewesen sein.»

Er ließ sich auf einen Stuhl fallen, stützte die Stirn in die Hände und stöhnte laut.

Van Gemmern kam mit einem Stapel Fotos und Papieren. Er sah noch dünner aus als sonst, sein Gesicht war aschgrau. Er presste ein «Guten Morgen» hervor, warf van Appeldorn einen fragenden Blick zu und setzte sich, als dieser nickte, an dessen Schreibtisch und breitete seine Papiere aus.

Als Letzter kam der Staatsanwalt. Dr. Stein war ein drahtiger Mann in den Fünfzigern mit sehr kurzen grauen Haaren, einem ebenso kurzen grauen Bart und lustigen Augen. Mit ihm war gut arbeiten, denn er hatte Ahnung und fackelte nicht lange, wenn es darum ging, Entscheidungen zu treffen.

«Grüßt euch. Gut, dass ihr den Termin so früh angesetzt habt, ich habe um halb zehn schon die erste Verhandlung. Darf ich mich hierher setzen?» Er zeigte auf Toppes Schreibtischstuhl.

«Bitte», antwortete Toppe. Eigentlich stand er ganz gern, wenn er nachdachte. Er lehnte sich gegen die Fensterbank und suchte nach einem Anfang.

«Übrigens, Herr Toppe», meinte der Staatsanwalt, «mit Dr. Bonhoeffer habe ich schon telefoniert. Wir können also die medizinische Seite erst einmal vernachlässigen, wenn Sie mich fragen.»

«Gut, dann, denke ich, sollten Herr Berns und Herr van Gemmern mit ihren Ergebnissen beginnen.»

Van Gemmern hatte seine Brille abgenommen und rieb sich die Nasenwurzel mit Daumen und Zeigefinger. «Jetzt leg schon los, Klaus!», drängte Berns ihn.

Van Gemmern setzte langsam die Brille wieder auf und begann: «Zunächst die Schuhspuren. Gefunden und identifiziert haben wir Abdrücke von Arbeitsschuhen, die mit einer Ausnahme von der Familie Welbers stammen. Das haben wir überprüft. Der andere Abdruck gehört zu den Arbeitsstiefeln von Frau Matenaar, auch das konnten wir abgleichen. Von Janssen haben wir keine Schuhspuren gefunden. Welbers hält das nicht für ungewöhnlich, denn Janssen hätte seit einer Woche nur auf dem neuen Feld gearbeitet. Suerick haben wir noch nicht überprüfen können. Dann haben wir drei verschiedene Abdrücke, die eindeutig von Damenschuhen stammen, und zwar in den Größen 36, 38 und 39. Und einen Abdruck von einem

Schuh mit einer durchgehenden flachen Gummisohle, Größe 44, ziemlich wahrscheinlich ein Mann. Darüber hinaus haben wir die Gruppe der Sportschuhe. Da wäre einmal der Abdruck von einem Adimed-Schuh, Größe 42. Die dazugehörige Person ist nicht sehr schwer, es könnte eine Frau sein, muss aber nicht. Dann zwei Spuren von Puma-Schuhen, Größe 36 und 43, gehören vermutlich zu einer Frau und einem Mann. Ein Nike-Abdruck, Größe 45, sicher ein Mann, ein Kinderschuhabdruck, elefanten, Größe 26, und die Spur von einem Schuh der Firma Tretorn, Größe 40, vielleicht eine Frau. Keiner der Abdrücke deutet auf eine Ganganomalie oder Ähnliches hin. Und schließlich sind da noch Landmanns eigene Spuren, Adidas, Größe 44.»

«Lassen denn die Konstellationen der Schuhspuren zu Landmanns Abdrücken keine Schlüsse darüber zu, mit wem er dort war?», fragte Toppe.

Van Gemmern schüttelte den Kopf und reichte Toppe Fotos über den Schreibtisch. «Das hatten wir auch gehofft, aber sehen Sie es sich selbst an. Ich kann da beim besten Willen keine zuverlässigen Schlüsse ziehen. Alles reine Spekulation.»

Toppe betrachtete die Fotos und reichte sie dann an den Staatsanwalt weiter. Er wollte sie sich später noch einmal ansehen, aber auf den ersten Blick waren die Abdrücke auch für ihn nur ein heilloses Durcheinander.

«Es wäre etwas anderes», fuhr van Gemmern fort, «wenn wir im Schuppen selbst etwas gefunden hätten.

Aber da gibt es leider nur zwei eindeutige Spuren, die eine stammt von Landmann und die andere von Frau Matenaar.»

«Un' die hat 'n Alibi!», rief Ackermann und wollte zu einer Erklärung ansetzen, aber van Appeldorn fuhr ihm dazwischen. «Meiner Ansicht nach kommt eine Frau als Täter kaum in Betracht. Nicht bei diesen massiven Verletzungen. Die erfordern schon eine gehörige Portion Kraft.»

Toppe rupfte sich ein Barthaar aus. «Machen Sie mal weiter, van Gemmern.»

«An dem Platz, an dem Landmanns Auto stand, haben wir seine eigenen Schuhspuren gefunden und ein Wirrwarr verschiedener Reifenspuren. Wir haben sie alle aufgenommen. Der letzte Wagen, der unmittelbar neben Landmanns Parkplatz gestanden hat – wann, ist natürlich ungewiss –, hatte brandneue 175er Dunlop-Reifen, und die Person, die möglicherweise zu dem entsprechenden Auto gehört, trug Gallus-Schuhe in Größe 43. Welbers sagt, dass der Parkplatz auch von den Kunden der Gärtnerei genutzt wird.» Er machte eine kurze Pause. «Tja, das wäre zunächst alles zu den Schuhspuren. Also weiter: Der Sack, in dem der Tote steckte, stammt eindeutig vom Stapel im Schuppen. Das gleiche Fabrikat und brandneu. Außerdem fehlt auch einer im Stapel. Welbers hat die Säcke erst am 16. gekauft, und es waren dreißig Stück. Jetzt sind es nur noch neunundzwanzig. Die Tatwaffe haben wir nicht gefunden, obwohl wir lange und gründlich gesucht haben. Wir vermuten, dass es sich um ein Brecheisen handelt, Welbers vermisst nämlich eins. Er besaß zwei, ein relativ neues und eines, das seinem Vater gehört hatte und schon angerostet war. Wir haben am Sack in der Tat Rostspuren gefunden. Für weitergehende Untersuchungen haben wir den Sack zum LKA geschickt, die Ergebnisse erwarten wir noch heute. Nach langem Überlegen glaubte Welbers sich zu erinnern, dass das Brecheisen neben der Schuppentür gestanden hat. Er sagte, er habe es am Donnerstag noch benutzt, um eine Kiste zu öffnen. Möglicherweise brauchte der Täter sich nur zu bedienen.»

«Das sieht dann ja nach einer Affekttat aus», bemerkte Breitenegger. «Das Brecheisen, der Sack, beides war zur Hand.»

«Oder es hat sich jemand gut ausgekannt», überlegte van Appeldorn. «Aber warum überhaupt der Sack?»

«Rache! Dat ham wer doch schon gesagt», brüllte Ackermann.

«Ach, ich weiß nicht», sagte Breitenegger. «Wie soll das gehen? Da sagt jemand zu Landmann: Komm mal eben mit in den Schuppen. Dort zieht er ihm den Sack über den Kopf und haut mit dem Brecheisen wie ein Wahnsinniger drauf. Und Landmann wehrt sich nicht? Unwahrscheinlich.»

«Eben», nickte Toppe. «Selbst wenn man von hinten mit einem Sack überrascht wird, man wehrt sich doch. Gab es tatsächlich keinen Hinweis auf Kampfspuren?»

«Nicht den geringsten», brummte Berns. «In dem Staub da auf dem Boden hätte man das wunderbar erkennen können, aber da ist nichts, was darauf hindeutet. Auch die Leiche sah ja nicht so aus. Jedenfalls nicht auf den ersten Blick. Aber vielleicht hat der Doc ja was unter den Fingernägeln gefunden.»

«Möglicherweise», sagte Toppe. «Ich frage mich, wie einer allein Landmann im Sack festhalten, gleichzeitig nach dem Brecheisen greifen und mit derartiger Wucht zuschlagen kann.»

«Doch die Mopedgang?», unterbrach ihn van Appeldorn in seinen Gedanken.

Toppe wiegte zweifelnd den Kopf. «Wir müssen deren Alibis überprüfen, und zwar schnell.»

Van Gemmern blätterte in seinen Unterlagen. «Ich habe nicht mehr viel. Die Zettel haben wir ja am Freitag schon untersucht. Es waren übrigens keine verwertbaren Fingerabdrücke darauf. Auch nicht an der Schuppentür. Auch dort nur Welbers, sie und er, Frau Matenaar und Udo Welbers und, das ist vielleicht interessant, ein wunderbar deutlicher Abdruck von Landmann, alle vier Finger und der Daumen der rechten Hand. Er hat die Tür also möglicherweise selbst geöffnet.»

Toppe runzelte die Stirn. Das passte alles nicht zusammen.

Dann schaute er Berns an. «Ihr müsst die Tatwaffe finden.»

«Kann ich zaubern?», blaffte der, dann lachte er plötzlich. «Oder wollt ihr vielleicht mit einer Hundertschaft den ganzen Wald durchkämmen? Wie wäre es denn mit einem Tauchereinsatz im Wassergraben von Haus Rosendal? Das liegt da gleich um die Ecke.»

«Möglicherweise bleibt uns nichts anderes übrig», erwiderte Toppe ernst.

Van Appeldorn sah auf die Uhr. «Ich hab keine Zeit mehr. Wenn ich noch vor Verhandlungsbeginn bei Gericht jemanden erwischen will, muss ich jetzt los. Ackermann kann ja von unseren Gesprächen berichten.» Er nahm seine Lederjacke von der Stuhllehne und zog sie an. «Wo bist du nachher, Helmut?»

«Ich denke, ich fahre zum LKH und rede mit Suerick.»

«Okay, bis später.» Van Appeldorn winkte und ging.

«Moment, bevor ihr weitermacht», sagte Berns und stand auf. «Klaus und ich haben noch einiges zu tun. Den Rest könnt ihr ja den Berichten entnehmen.» Er deutete auf die Papiere. «Sieht für mich nicht so aus, als wäre da noch was von Wichtigkeit.»

Er wartete nicht auf eine Antwort, sondern verließ polternd den Raum.

Van Gemmern stand auch auf. «Wenn Sie noch Fragen haben, Sie wissen ja, wo Sie mich finden.»

Toppe wandte sich an Ackermann. «Was ist denn bei Ihren Gesprächen herausgekommen?»

«Ich sag dat am besten mit eigenen Worten», begann der wichtig.

«Nein, lass mal, Junge. Ihr habt das doch so schön formuliert», hielt Breitenegger ihn zurück und nahm einige Blätter aus dem Ordner, der vor ihm lag.

«Die beiden haben nämlich am Samstagabend noch ihre Berichte geschrieben, und ich habe sie schon gelesen», erklärte er Toppe und dem Staatsanwalt.

Toppe dachte voller Bewunderung an van Appeldorn. Der musste viele Stunden mit Ackermann verbracht haben.

Bei den Vernehmungen war nicht viel herausgekommen. Das Alibi von Herrn und Frau Welbers stimmte offenbar. Ackermann und van Appeldorn hatten mit der Tante und den Nachbarn gesprochen. Abends waren sie sogar noch ins Kirmeszelt gegangen und hatten bestätigt bekommen, dass Udo Welbers, nachdem er bei seiner Tante weggegangen war, tatsächlich den ganzen Abend im Zelt verbracht hatte. Allerdings war er gegen halb vier mit einem Mädchen verschwunden. Bei einer erneuten Befragung hatte Udo ihnen den Namen des Mädchens genannt, das er, wie er sagte, an dem Abend erst kennengelernt hatte, Nicole Rozijn. Auf die Fragen, wie und wo sie denn die zwei Stunden bis halb sechs verbracht hatten, hatte er zögernd geantwortet, sie hätten in ihrem Auto geschmust. Natürlich hatten sie dann auch mit dem Mädchen geredet, das etwas älter war als Udo. Sie war in ihren Schilderungen weniger vorsichtig. Sie hatten das Auto auf dem Parkplatz bei der Gärtnerei abgestellt und, wie sie es ausdrückte, «gebumst, und zwar heftig». Dann sei Udo ausgestiegen und ins Haus gegangen. Sie hatten beide nichts bemerkt, keinen Menschen gesehen, nur Landmanns Auto, neben dem sie geparkt hatten.

«Man müsste überprüfen, ob dieser Udo Gallus-Schuhe in Größe 43 hat», bemerkte Breitenegger.

«Ja», sagte Toppe, «und ob die Reifenabdrücke neben

Landmanns Saab zum Auto des Mädchens gehören. Ackermann, schreiben Sie sich das auf.»

Frau Matenaar und Herr Janssen waren die ganze Nacht über zu Hause gewesen. Die jeweiligen Ehepartner hatten das bestätigt, bei Frau Matenaar auch ihre fünf Kinder. Es gab keinen Grund, an ihren Alibis zu zweifeln.

Dr. Stein wies darauf hin, dass er nur noch zehn Minuten Zeit hatte, und Toppe berichtete knapp von seinen Gesprächen mit Frau Landmann, Sabine und der Mopedgang. Dann schlug er Landmanns Kalender auf und zeigte dem Staatsanwalt die Eintragungen.

«Das kann ein Anhaltspunkt sein», meinte der. «Auch diese Mopedgang ist nicht uninteressant. Wann ist die nächste Besprechung?»

«Sagen wir morgen Nachmittag gegen fünf?»

«Ja, das kommt für mich gut aus», nickte Stein. «Ach ja, die Presse. Ich wollte für heute Nachmittag eine Pressekonferenz ansetzen. Wäre Ihnen fünfzehn Uhr recht?»

Toppe nickte ergeben. Pressekonferenzen waren nicht sein Fall.

Als der Staatsanwalt gegangen war, rutschte Ackermann unruhig auf seinem Stuhl hin und her.

«Nun gut, Ackermann, Sie fahren zunächst einmal nach Emmerich und holen den Obduktionsbericht ab. Wenn der noch nicht fertig ist, warten Sie bitte. Er ist wichtig. Und danach können Sie Udos Schuhe und die Reifen von Nicole Rozijns Auto überprüfen. Aber bringen Sie mir erst Bonhoeffers Bericht, ja?»

«Klar, mach ich, Chef, klar!» Wie der Blitz war er verschwunden.

«Na, wenigstens einer, der mit Feuereifer bei der Sache ist», schmunzelte Breitenegger.

Er sammelte die Berichte ein. «Ich werde mir die alle noch einmal durchlesen, vielleicht fällt mir noch etwas ein ... Haben Sie übrigens schon die heutigen Zeitungen gesehen?»

Toppe verneinte und beugte sich über die Pressemappe, die Breitenegger immer anlegte.

«Na, haben wir es nicht weit gebracht?» Breitenegger grinste. «Immerhin die Titelseite der Blutzeitung: *Deutscher Drogenrichter tot am LKH! Racheakt der Drogenmafia? Polizei hilflos!*

Die Lokalblätter brachten die Nachricht zwar auch auf der Titelseite, aber deutlich gemäßigter, obwohl *Geheimnisvolle Sackleiche* auch nicht gerade das Gelbe vom Ei war.

«Ich mache mich auf nach Bedburg und rede mit diesem Suerick. Vielleicht können Sie sich einmal den Kalender ansehen. Ich habe schon ein paar Notizen dazu gemacht. Der Zettel liegt drin.» Toppe nahm seine Jacke. «Und diese Gerichtsakten werden wir uns auch zu Gemüte führen müssen.»

«Vor oder nach dem Berichteschreiben?», ärgerte ihn Breitenegger

«Die verdammten Berichte», knurrte Toppe. «Ich fahr dann mal.»

«Okay, bis später. Übrigens, ich heiße Günther.»

Toppe lächelte. «Angenehm, Helmut.»

«Wird doch wirklich langsam Zeit», meinte Breitenegger zufrieden.

Toppe war schon an der Tür, als das Telefon klingelte.

Breitenegger meldete sich. «Du hast ihn gerade noch erwischt.»

Es war van Appeldorn. «Helmut, bist du auf dem Weg zu Suerick? Dann warte auf mich, ich fahre mit. Ich habe hier nämlich etwas Interessantes entdeckt.»

Neun   «Schieß los.» Toppe war gespannt, als er zu van Appeldorn ins Auto stieg.

«So, wie es aussieht, war Landmann als Richter zuständig für verschiedene Verfahren am LKH», berichtete van Appeldorn, während er sich in den dichten Verkehr auf der Emmericher Straße einfädelte. «Unter anderem war da wohl auch etwas mit unserem Martin Suerick. Ist noch gar nicht so lange her. Und da scheint es wohl Ärger gegeben zu haben. Genaues weiß ich noch nicht, aber Suerick sollte wohl vom LKH aus in ein offenes Heim überstellt werden und hatte anscheinend auch ein entsprechendes Gutachten. Aber Landmann hat den Antrag abgelehnt. Da hat es dann wohl Stunk gegeben, und Suerick hat Widerspruch eingelegt beim OLG.»

Toppe überlegte. «Kommt das oft vor, dass ein Richter sich gegen ein Gutachten entscheidet?»

«Nein, das ist ja der springende Punkt. Normalerweise berücksichtigen die Richter bei der Urteilsfindung schon die Gutachten. Aber wer weiß, was Suerick für einer ist? Die lassen ja heutzutage jeden raus.»

Dazu sagte Toppe lieber nichts.

«Übrigens, ich weiß nicht, ob Ackermann das erzählt hat», bemerkte van Appeldorn, als sie in Welbers' Hofeinfahrt einbogen. «Die Familie Welbers kannte Landmann nicht, und mit den Zetteln konnten sie alle nichts anfangen.»

«Und was ist mit der Kinokarte?»

«Ich gehe heute Abend zum Burgtheater. Mal sehen, was ich rausfinde. Hinterher treffe ich mich auf ein Bier mit einem Freund. Der ist Anwalt hier am Gericht. Willst du mitkommen?»

«Ja, sicher, wenn Zeit ist.»

Herr Welbers wischte seine lehmigen Finger an der Hose ab und schüttelte Toppe die Hand. «Nein, Suerick ist heute nicht gekommen.»

Toppe zog fragend die Augenbrauen hoch.

«Er hat angerufen, weil es ihm heute Morgen wohl dreckig ging. Ich wusste ja gar nicht, dass das sein Richter war. Der vom Suerick, meine ich.»

«Suerick hatte also mit Richter Landmann etwas zu tun?», fragte van Appeldorn.

«Ja, sicher, das war doch der Kerl, der ihn so reingelegt hat. Der sollte doch raus, der Suerick, in so eine Wohngemeinschaft. Und das hätte der auch geschafft, wenn Sie mich fragen. Aber dieser Landmann hat das einfach abgelehnt.»

«Und wann war das, Herr Welbers?», wollte Toppe wissen.

«Ja, also …» Welbers schloss die Augen. «Warten Sie mal, nicht, dass ich lüge … Jetzt haben wir August … das muss dann wohl im Juni gewesen sein, so vor sechs, sieben Wochen.»

«Und wie hat Suerick reagiert, als Landmann sein Ersuchen abgelehnt hat?»

«Der war fertig, der Mann. Kann man sich wohl vorstellen. Total fertig war der. Und sauer. Der hat bestimmt zwei Tage von nichts sonst mehr gesprochen. Aber dann ging es besser. Ist ja wohl auch in die Berufung gegangen, der Suerick. Aber ob das Aussicht hat, ich weiß es nicht.» Er wiegte zweifelnd den Kopf.

«Vielen Dank, Herr Welbers.» Toppe streckte ihm die Hand entgegen. «Wir sehen uns sicher noch.»

«Ja, tschüsskes, Herr Kommissar», antwortete Welbers beflissen, und als sie schon zum Auto gingen, rief er ihnen nach: «Wenn Sie mich fragen, mit dem Suerick sind Sie auf der falschen Spur. Wenn ich das mal sagen darf.»

Das Landeskrankenhaus Bedburg-Hau war Anfang des Jahrhunderts so angelegt worden, dass es völlig autark wirtschaften konnte, ein enorm großer Komplex mit allen möglichen Werkstätten, ein eigenes Dorf. Ein großer Park mit altem Baumbestand und Backsteinhäusern im Stil der Gründerzeit.

Sie fuhren langsam die schmalen asphaltierten Wege entlang und versuchten, anhand der Wegweiser zum richtigen Gebäude zu finden.

Toppe war schon ein paarmal hier gewesen. Heute gefiel ihm die Atmosphäre. Es war sonnig und still, und die vielen großen Bäume sorgten für ein freundliches Licht. Selbst die vergitterten Fenster und die hohen Zäune und Mauern vor einigen Gebäuden störten das dörfliche Idyll nicht, er konnte sich allerdings vorstellen, dass es bei Regenwetter ganz anders aussah.

«Schön hier», sagte er und kurbelte das Fenster herunter.

«Schön?» Van Appeldorn warf ihm einen erstaunten Blick zu. «Na, ich weiß nicht. Unter ‹schön› stelle ich mir was anderes vor!»

Martin Suerick saß zusammengesunken auf einem Stuhl in seinem Zimmer. Tausend Gedanken tummelten sich in seinem Kopf. Seit die Pfleger am Samstag mit den ersten Zeitungen gekommen waren, hatte er keine ruhige Minute mehr gehabt. Er verspürte eine unbezähmbare Lust, sich volllaufen zu lassen, damit endlich Ruhe herrschte in seinem Hirn.

Als der Pfleger hereinkam, schreckte er auf.

«Polizei will dich sprechen, Martin. Wegen Landmann.»

«Na endlich», dachte er.

«Ich rede nur mit denen, wenn Reimann dabei ist», sagte er bestimmt.

«Okay.» Der Pfleger klopfte ihm auf die Schulter. «Ich gehe ihn holen.»

Toppe und van Appeldorn warteten in einem kleinen Raum. Es war eine Art Büro mit einem Schreibtisch, einem Aktenschrank und einer niedrigen Sitzecke. Sie redeten nicht. Van Appeldorn hatte seine langen Beine von sich gestreckt und schaute durch das vergitterte Fenster hinaus auf die Müllcontainer im Hof. Sein

Gesicht war ausdruckslos. Toppe kratzte sich den Bart und rupfte hin und wieder ein Haar aus. Es wäre ihm lieber gewesen, er hätte mehr über Suerick und dessen Krankheit gewusst. Und gleichzeitig fragte er sich wohl zum hundertsten Mal, was in solchen Momenten in van Appeldorn vorging.

Ein junger Mann kam herein. Er war schmal, hatte glattes, braunes, schulterlanges Haar und auffallend müde Augen.

«Tag, mein Name ist Reimann», stellte er sich vor. «Ich bin hier der Stationsleiter und Psychologe. Herr Suerick möchte, dass ich bei dem Gespräch dabei bin. Hallo, Norbert.»

«Ach, du, Klaus. Hier bist du also gelandet.»

Van Appeldorn stand auf und drückte dem Psychologen die Hand.

«Wir haben zusammen Abi gemacht», erklärte er Toppe und setzte sich wieder.

Es klopfte laut, und Suerick kam ins Zimmer. Ein kräftiger Mann mit krausem Haar und dunklen, unruhigen Augen. Im linken Ohr trug er einen großen Silberring.

Er murmelte einen Gruß und ließ sich in einen der grünen Sessel fallen. Seine Jeans waren ausgeblichen, er trug ein blaues Hemd und merkwürdig klobige weiße Schuhe.

Toppes Blick fiel unwillkürlich auf Suericks Hände, als er sie auf die Sessellehnen legte. Sie waren breit, mit schwarzen Trauerrändern unter den Nägeln und einer Tätowierung auf dem rechten Handrücken. Toppe konnte nicht erkennen, was es war, denn die Hände waren ständig in Bewegung.

«Herr Suerick, wissen Sie, was passiert ist?», begann Toppe, nachdem er sich vorgestellt hatte.

«Ja, Landmann ist ermordet worden.»

Toppe nickte. «Und zwar am Donnerstag in der Gärtnerei Welbers. Sie arbeiten dort?»

«Ja, schon lange.»

«Waren Sie am Donnerstag auch dort?»

«Klar, aber bloß bis halb vier, oder so. Welbers mussten weg.»

«Und was haben Sie dann nach halb vier gemacht?»

«Ich bin hierher zurück.»

Seine Augen waren jetzt ruhiger, sein Blick flackerte nicht mehr zwischen Toppe und Reimann hin und her.

«Kann das jemand bestätigen?»

«Klar.» Er schaute den Psychologen fragend an. Der nickte ihm beruhigend zu.

«Warum sind Sie am Freitag nicht zur Arbeit gekommen?», fragte jetzt van Appeldorn.

«Freitags arbeite ich nicht. Therapiegruppe.»

«Und montags? Haben Sie montags auch Therapiegruppe?»

«Nein.» Suerick zögerte einen Moment. «Mir geht's nicht gut.»

«Sind Sie am Donnerstag den ganzen Abend und die ganze Nacht hiergeblieben?», wollte jetzt wieder Toppe wissen.

«Nein, ich war im Kino.»

Toppe stutzte. Konnten die hier einfach so raus?

«In Kleve?», fragte er.

«Ja.»

«Dafür gibt es doch bestimmt Zeugen», griff van Appeldorn wieder ein.

Suerick schüttelte den Kopf und warf van Appeldorn einen provozierenden Blick zu. «Nein, ich war allein.» Er lachte leise. «Aber ich kann ja den Film erzählen.»

«Sie hatten mit Herrn Landmann zu tun», versuchte Toppe, das Gespräch wieder in Gang zu bringen.

«O ja.» Suerick ballte die Hände zu Fäusten und kniff die Augen zusammen. «Dieses Schwein», stieß er zwischen den Zähnen hervor. «Der hat mir alles versaut.»

Reimann bewegte sich.

«Ich will nichts mehr sagen», raunte Suerick. «Mir ist schlecht. Ich will in mein Zimmer.»

«Ist gut», sagte der Psychologe und begleitete Suerick zur Tür.

Dann setzte er sich wieder. «Vielleicht kann ich erklären, was Sie wissen möchten.»

«Ja, bitte.»

«Also, Herr Suerick ist 1984 zu fünf Jahren Haft und Unterbringung in einer psychiatrischen Anstalt gemäß §63 StGB verurteilt worden. Wir hier in der Klinik machen gemäß §67 e StGB jedes Jahr eine Stellungnahme zum Therapieverlauf und zur Entwicklung unserer Patienten. Wie Sie sicherlich schon wissen, haben wir in unserer letzten Stellungnahme vorgeschlagen, Herrn Suerick bedingt zu entlassen. Er sollte allerdings in einer therapeutischen Wohngemeinschaft weiterbehandelt werden. Der externe Gutachter, der gemäß § 14.3 MRGV ein Gutachten über Herrn Suerick erstellen musste, war der gleichen Ansicht wie wir, und ...»

«Augenblick, nicht so schnell», unterbrach Toppe ihn. «Maßregelvollzugsgesetz, klar. Aber worum geht es in § 14.3?»

«Es geht um die Verhältnismäßigkeit der Unterbringungsdauer. Wenn ein Patient länger als drei Jahre bei uns ist, wird ein neues Gutachten erstellt. Bei Suerick sind unsere Stellungnahme und das externe Gutachten zum selben Ergebnis gekommen. Die Strafvollstreckungskammer ist dann in ihrem Beschluss allerdings weder der Stellungnahme noch dem Gutachten gefolgt.»

«Kommt das häufiger vor?», fragte Toppe

«Nein, solange ich hier arbeite, ist es das erste Mal. Wir konnten es nicht nachvollziehen, weil sowohl die Stellungnahme als auch das Gutachten Suerick für durchaus fähig hielten, in einer therapeutischen Wohngruppe zu leben. Suerick hat dann ja auch beim Oberlandesgericht in Düsseldorf Widerspruch eingelegt.»

«Warum sitzt Suerick eigentlich bei euch, Klaus?», fragte van Appeldorn.

Reimann presste die Lippen zusammen. «Tut mir leid, Norbert, aber zu Herrn Suerick selbst werde ich dir nichts sagen. Es sei denn, er gibt mir sein Einverständnis und entbindet mich von meiner Schweigepflicht.»

«Was für ein Bockmist!», schnappte van Appeldorn. «Wir können uns doch jederzeit seine Gerichtsakten besorgen.»

«Dann müsst ihr das wohl tun. Aber warum fragst du mich dann überhaupt?»

«Ich weiß doch Bescheid, bei fünf Jahren und 'nem 63er muss es doch wenigstens Totschlag gewesen sein, und dann noch auf irgendeine perverse Weise. Und so einen wollt ihr dann wieder auf die Menschheit loslassen, na danke.» Er schnaubte.

«Jetzt pass mal auf, Norbert.» Reimann war sichtlich um Ruhe bemüht. «Soll ich mir hier deine dämlichen Vorurteile anhören, oder wollt ihr wirklich etwas wissen?»

«Du sagst uns ja doch nichts», gab van Appeldorn giftig zurück.

«Doch, ich kann dir schon etwas sagen. Zum Beispiel, dass es Patienten gibt, bei denen es überhaupt nicht läuft, und solche, bei denen alles eine optimale Entwicklung nimmt. Und diese Patienten kann man dann auch in externen Betrieben unterbringen. Du kannst davon ausgehen, dass wir das sehr genau prüfen. Und du kannst auch davon ausgehen, dass Freiheiten, sollte es Probleme geben, sofort eingeschränkt werden. Und noch etwas: Suerick hat seit über einem Jahr eine feste Freundin – von außerhalb –, und mit der läuft es sehr gut.»

Van Appeldorn verdrehte die Augen. «Na, dann will ich mal anders fragen: Glaubt ihr tatsächlich, dass man solche Typen heilen kann?»

Reimann lehnte sich zurück und atmete durch. «Eine hundertprozentig sichere Prognose kann dir keiner geben, wenn du das meinst. Aber es gibt doch klare Kriterien, die eine günstige Prognose ermöglichen, das heißt aus deiner Sicht, die dem Sicherheitsbedürfnis der Gesellschaft entgegenkommen. Und wir müssen dann entscheiden, welche Resozialisierungsschritte man mit dem jeweiligen Patienten unternimmt.» Er blickte van Appeldorn in die Augen. «Aber, wenn wir schon einmal bei den Vorurteilen sind, lies doch mal nach, wie hoch die Rückfallquote von psychisch kranken Straftätern mit Tötungsdelikt ist. Und dann vergleiche die mal mit der Rückfallquote von nicht psychisch kranken Straftätern. Du wirst dich wundern.»

Aber van Appeldorn fuhr sich unwillig durchs Haar. «Ich frage mich manchmal, wer in dem Laden hier bekloppter ist.»

Toppe verkniff sich mit Mühe einen scharfen Kommentar und griff ein.

«Können Sie Suerick nicht fragen, ob er damit einverstanden ist, wenn Sie uns jetzt gleich Auskunft über ihn erteilen?»

Reimann sah auf seine Armbanduhr. «Kann ich machen. Ich habe allerdings nicht viel Zeit.»

Er ging rasch hinaus.

«Wir werden den ED herschicken müssen wegen Suericks Schuhen», überlegte Toppe.

«Ja, und zwar schnellstens.» Van Appeldorn war aufgestanden. «Die stecken hier doch alle unter einer Decke.»

«Du hast doch 'n Vogel, Norbert. Komm mal wieder auf den Boden zurück.»

Aber van Appeldorn tippte sich nur vielsagend an die Stirn.

Suerick hatte sein Einverständnis nicht gegeben, und so blieb ihnen nichts anderes übrig, als so schnell wie möglich über den Staatsanwalt Akteneinsicht zu bekommen.

Es war unnötig vertane Zeit.

Van Appeldorn fuhr bedeutend schneller als sonst. Keiner von beiden sagte ein Wort, bis die Spannung zwischen ihnen so stark war, dass Toppe es nicht mehr aushielt.

«Ist das deine ehrliche Meinung, Norbert?»

«Was?», blaffte van Appeldorn zurück.

«Du weißt genau, was ich meine.»

«Ach komm, fang du mir jetzt nicht auch noch mit diesem Sozialgewäsch an. Du kommst ja nicht von hier. Was meinst du denn, wie viele Kinder die schon abgemurkst haben, diese Typen, die als geheilt entlassen wurden. Ich möchte dich mal sehen, wenn so ein Kindermörder, der plötzlich geheilt ist, deine Jungen anquatscht.»

«Jetzt schalte mal deinen Kopf wieder ein! In den letzten Jahren hat es nur einen einzigen Vorfall gegeben, und das weißt du ganz genau.»

«Einer ist einer zu viel!»

Toppe erkannte van Appeldorn nicht wieder. «Worum geht es dir eigentlich?»

«Die spinnen doch, diese Psychologen. Dass die so etwas überhaupt beurteilen dürfen! Die haben doch selbst alle 'ne Macke, sonst wären sie wohl kaum Psychos geworden. Egal, ich will mich nicht aufregen. Lass uns aufhören davon.»

Toppe war hochrot geworden. «Ja, es ist wohl wirklich besser, wenn du aufhörst. Aber eins noch», setzte er scharf hinzu, «es wäre mir verdammt lieb, wenn du in Zukunft in einem solchen Fall deine persönliche Meinung für dich behältst.»

Van Appeldorn biss die Zähne zusammen. «Aber selbstverständlich, Herr Hauptkommissar.»

Ohne ein weiteres Wort hielt er vor dem Präsidium, und als Toppe ausgestiegen war, fuhr er mit quietschenden Reifen weiter.

Zehn Nachdenklich ging Toppe auf das Präsidium zu.

Das Fenster der Kantine war weit geöffnet, und der leise Duft von Schweinebraten erinnerte ihn daran, dass er eigentlich hungrig war. Er sah auf die Uhr – fast eins – und dachte daran, sich eine kurze Pause zu gestatten. Wer wusste, wann sich die nächste Gelegenheit ergeben würde? Nicht schon wieder Käsebrötchen!

Die Kantine war so gut wie leer. Toppe ging mit seinem Tablett gleich durch zur Essensausgabe, wo Hilde Holtermann um die Ecke lugte.

«Ach, Helmut, Jung, kommst du heute tatsächlich mal zum Essen? Ist ja ordentlich was los bei euch oben. Ich hab's in der Zeitung gelesen.»

«Was will man machen?» Toppe lächelte freundlich und warf einen Blick auf die dampfenden Töpfe.

«Schweinebraten mit Erbsen und Möhrkes», pries sie an. «Und Kaffee willst du sicher auch.»

Sie redete gemütlich vor sich hin, während sie ihm eine extra große Portion auffüllte. Eine Frau Anfang sechzig, rund, rosig und durch nichts aus der Ruhe zu bringen. An Toppe hatte sie einen Narren gefressen.

«Nu' ess mal ordentlich, Jung. Wer weiß, wann du das nächste Mal was kriegst.»

Unauffällig schob sie ihm ein zweites Schälchen Karamellpudding aufs Tablett. «Zucker ist gut für die Nerven», flüsterte sie verschwörerisch.

Toppe nickte dankend und trug sein Tablett zu einem Fenstertisch. Von hier aus konnte er den Parkplatz sehen und das Hauptgebäude des Präsidiums. Eine hässliche Pappschachtel, weiß, grau und krähend blau, Anfang der Sechziger gebaut, sah es so wackelig aus, als könnte der nächste Sturm es mühelos zum Einsturz bringen.

Wolken waren aufgezogen, und nichts erinnerte mehr an das sanfte Spätsommerlicht des Morgens. Der Himmel hing grau und tief über der Stadt. Es würde wohl bald wieder regnen.

Was für ein miserabler Sommer.

Er sah Ackermann aus der Tür kommen und klopfte gegen die Scheibe, aber der hörte und sah ihn nicht, sondern ging zu seinem Auto. Er musste den Obduktionsbericht abgeliefert haben.

Toppe schob sich den letzten Löffel Pudding in den Mund und beeilte sich, nach oben zu kommen. Er war gespannt, ob der Bericht etwas Neues brachte.

Breitenegger war so vertieft in seine Lektüre, dass er gar nicht hochschaute.

«Der Obduktionsbericht?», fragte Toppe.

Breitenegger nahm die Pfeife aus dem Mund und wies mit dem Stiel auf Toppes Platz. «Drei Durchschläge. Einen habe ich dir schon hingelegt.»

Eine Weile lasen sie schweigend, dann lehnte Breitenegger sich zurück. Ein paar neue Aspekte brachte der Bericht schon. Die Schläge waren dem Opfer eindeutig erst beigebracht worden, als dieses schon tot gewesen war und in dem Sack gesteckt hatte. Alle Schläge, bis auf den einen, der Landmann das Genick gebrochen und unmittelbar zum Tod geführt hatte. Sofort danach hatte der Täter dem Opfer den Sack übergezogen und noch neunmal zugeschlagen. Nichts wies darauf hin, dass Landmann sich gegen den ersten Angriff gewehrt hatte. Man konnte also davon ausgehen, dass der Schlag ins Genick überraschend erfolgt war. Bei der Tatwaffe handelte es sich um eine rostige Eisenstange, deren Durchmesser durchaus auf ein Brecheisen hinweisen konnte. Es waren ausnahmslos kraftvolle Hiebe gewesen. Das Opfer hatte gestanden, als es zum ersten Mal getroffen wurde, es gab Hinweise auf einen Sturz. Aus der Art des Genickbruchs und der Wunde im Nacken ließen sich Rückschlüsse auf den Schlagwinkel ziehen, und man konnte annehmen, dass Täter und Opfer etwa die gleiche Körpergröße hatten, ungefähr 1 m 75.

«Es kann also durchaus ein Einzeltäter gewesen sein», unterbrach Toppe Breitenegger in seinen Gedanken.

«Du willst deine Mopedjungs ausschließen? Kein Problem, der ED hat weit und breit keine Mopedspuren gefunden.»

«Das muss nichts heißen.»

«Stimmt.»

Toppe suchte seine Taschen vergeblich nach Zigaretten ab. Schließlich fand er eine Schachtel in der

Schreibtischlade – nur noch eine drin. Er musste dringend noch welche kaufen heute.

«Komische Marke, die du da rauchst», bemerkte Breitenegger.

Toppe nickte versonnen. «Mein Opa hat mir das Rauchen beigebracht, als ich fünfzehn war. Wäre männlich, hat er gesagt. Ich bin dann einfach bei der Marke geblieben.»

Aber Breitenegger war mit seinen Gedanken schon wieder woanders. «Ich habe hier van Appeldorns Liste. Ich könnte die Jungs von der Mopedgang ja mal einbestellen. Wenn von euch keiner Zeit hat, übernehme ich deren Vernehmung. Und vielleicht schickst du Ackermann zu diesem Billardcafé und zum Baggerloch. Das liegt doch quasi vor dessen Haustür.»

«Gute Idee», sagte Toppe, rieb sich den Nacken und überlegte. War tatsächlich Rache das Tatmotiv? Es sah doch eher so aus, als wollte der Täter sie das glauben machen.

Dann erzählte er Breitenegger von den Gesprächen mit Suerick und dem Psychologen.

Breitenegger kratzte sorgfältig seine Pfeife aus. «Ganz schön mager. Habt ihr die beiden gefragt, ob die was mit ‹Che› anfangen können?»

«Dazu sind wir gar nicht gekommen, aber ich fahre gleich noch mal mit dem ED hin wegen der Schuhabdrücke.»

Breitenegger hatte sich lange mit Landmanns Kalender beschäftigt und dann mit Frau Landmann telefoniert. Ihr war mittlerweile eingefallen, dass ihr

Mann donnerstags immer in Moyland Tennis gespielt hatte. Mit wem, wusste sie allerdings nicht.

«Den Tennisclub in Moyland soll Norbert übernehmen», entschied Toppe. «Vielleicht gibt es dort ja einen B. S. oder einen Che.»

«Das war auch mein Gedanke. Übrigens, die Gerichtsakten, die du mitgebracht hast, geben überhaupt nichts her. Ich habe deswegen etliche Telefonate geführt. Die Berichte darüber habe ich hier.»

«Ich guck sie mir gleich an.»

«Che könnte wirklich ein Name sein», redete Breitenegger weiter. «Die anderen Abkürzungen sind ziemlich normal. Die meisten kann man mit etwas gesundem Menschenverstand entschlüsseln. Wenn man nur etwas mehr über diesen Landmann wüsste ...» Er hatte seine Pfeife frisch gestopft und zündete sie an.

Bevor sie weitere Spekulationen anstellen konnten, kam Ackermann herein. Er konnte ihre Annahme vom frühen Morgen bestätigen. Udo Welbers besaß tatsächlich Gallus-Schuhe, die zu den Schuhspuren passten, und auch die Reifenabdrücke vom Auto seiner Freundin stimmten mit den Reifenspuren neben Landmanns Saab überein.

Ackermann saß schon an der Schreibmaschine, um seinen Bericht zu tippen, als auch van Appeldorn endlich zurückkam, zusammen mit Dr. Stein.

«Noch fünf Minuten, meine Herren», sagte der Staatsanwalt und legte einige Papiere auf Breiteneggers Platz.

Toppe sah ihn verständnislos an.

«Pressekonferenz, Herr Toppe. Es ist gleich drei.»
Toppe stöhnte, die PK hatte er völlig vergessen.
«Na, nun kommen Sie mal.» Stein klopfte ihm aufmunternd auf den Rücken. «Der WDR ist auch schon da. Vielleicht kann Ihre Familie Sie heute Abend in der ‹Aktuellen Stunde› bewundern.»
Toppe folgte dem Staatsanwalt mit mürrisch zusammengezogenen Augenbrauen.
Van Appeldorn hielt ihn zurück. «Soll ich mitkommen, Helmut?»
«Das wäre prima.»
Früher waren Pressekonferenzen ruhig, fast langweilig gewesen. Erst seit der WDR die Lokalstation eingeführt hatte und sich zunehmend für die Region interessierte, waren sie ein bisschen lebendiger geworden.
Heute ging es alles andere als langweilig zu, denn diesmal war auch die überregionale Presse vertreten. Schließlich gab es nicht jeden Tag einen derart mysteriösen Mord. Besonders unangenehm fiel ein junger Reporter des Blattes auf, auf dessen Konto gestern die blutrünstigste Schlagzeile gegangen war. Es war schon beinahe albern, wie sehr er dem Klischee des sensationslüsternen Schreiberlings entsprach und ihnen die dämlichsten Fragen um die Ohren knallte, mit der Geschwindigkeit eines Schnellfeuergewehrs. Manchmal hatten sie Mühe, vernünftig zu antworten. Aber der Staatsanwalt verlor keinen Augenblick die Übersicht – man hatte das Gefühl, dass er das ganze Spektakel genoss. Unter Hinweis auf wichtige Ermittlungsarbeiten beendete er um 15 Uhr 30 die Veranstaltung.

Toppe fand, dass auch er sich wacker geschlagen hatte. Auf dem Weg zum Büro bekam er endlich die Gelegenheit, van Appeldorn zu fragen, was denn nun mit Suerick war.

«Heiße Geschichte», sagte van Appeldorn, «aber das soll der Stein erzählen.»

Der Staatsanwalt und van Appeldorn hatten anhand der Gerichtsakten schließlich doch ein relativ klares Bild von Suerick erstellen können: Geboren 1963 in Viersen, Vater unbekannt, Mutter Alkoholikerin. Seine Kindheit und Jugend waren erschütternd, aber nicht ungewöhnlich. Alle hier kannten solche Lebensläufe, wurden oft damit konfrontiert. Dennoch konnte Toppe nicht behaupten, dass es ihn kaltließ. 1982 hatte Suerick ein Mädchen kennengelernt und sich mit ihr zusammen eine Wohnung genommen. Eine Weile war alles rosig gewesen, Suerick hatte sogar Arbeit gefunden. Dann war es dem Mädchen, das Suerick «meine Göttin» nannte, wohl langweilig geworden, und sie hatte sich einer Clique angeschlossen, mit der sie gern und oft Streifzüge durch die Discos in der Umgebung unternahm.

Suerick begleitete sie nie, dennoch lebten sie weiter zusammen. Als das Mädchen Karneval 1984 mit ihrer Clique nach Köln gefahren und erst drei Tage später wieder in die gemeinsame Wohnung zurückgekehrt war, hatte Suerick sie mit vierzehn Messerstichen getötet.

«Mein Gott!», entfuhr es Breitenegger.

Toppe sah nur stumm auf seine Hände.

Es klopfte, und Berns steckte seinen kahlen Schädel zur Tür herein. «Sie wollten doch mit, Toppe. Wir wollen jetzt los.»

«Komme.» Toppe stand auf. «Günther, verteil mal das Weitere. Wenn wir uns nicht mehr sehen, Besprechung wieder morgen früh um acht.» Damit verließ er den Raum.

Reimann erwartete sie schon in seinem Büro. Er war gleichbleibend freundlich. Suerick komme sofort, sagte er, er sei noch unter der Dusche.

Berns und van Gemmern schauten sich in Suericks Zimmer dessen Schuhe an, während Toppe bei Reimann wartete. Sie unterhielten sich mehr oder weniger über das Wetter.

Endlich kam Suerick, die Haare noch feucht vom Duschen. Er wirkte jetzt sehr ruhig.

«Ist denn noch was?», fragte er Toppe direkt.

«Ja, eine Frage hätte ich noch. Sagt Ihnen das etwas: Che?»

«Che? Was soll das denn sein?»

Toppe drehte sich zu Reimann um. «Und Ihnen?»

«Nun ja, ich kenne Che Guevara. Aber den meinen Sie wohl nicht, oder?» Er grinste.

«Wenn ich das wüsste ... Hier heißt dann wohl niemand so?»

«Wenn, dann habe ich das jedenfalls noch nicht gehört», verneinte Reimann bestimmt.

Suerick zuckte die Achseln.

«Guten Tag.» Van Gemmern gesellte sich zu ihnen.

«Sie sind sicher Herr Suerick. Ich bräuchte noch einen Abdruck von den Schuhen, die Sie gerade tragen. Sollen wir das gleich hier erledigen?»

«Kein Problem.» Suerick setzte sich.

Van Gemmern hockte sich hin und warf Toppe einen schwer zu deutenden Blick zu. Sein Mundwinkel zuckte. Dann nahm er die Abdrücke.

Toppe lief ein kleiner Schauer über den Rücken. Er kannte das, konnte es aber nicht erklären. Eine Art plötzliche Anspannung. Oft bedeutete es, dass er in einem Fall endlich das richtige Fadenende erwischt hatte.

«Was ist denn?», fragte er van Gemmern, als sie zum Wagen zurückgingen.

«Suerick trägt Adimed-Schuhe.»

Elf Toppe wanderte auf dem Gang vor dem Labor hin und her.

Selbst wenn die Abdrücke zu den Schuhen passten, was brachte ihnen das? Ein sicherer Beweis war es jedenfalls nicht, schließlich arbeitete Suerick in der Gärtnerei.

Es blieb dabei: Die Tatwaffe fehlte und damit die einzige Möglichkeit, Fingerspuren des Täters zu finden. Es half nichts, er musste die Eisenstange suchen lassen, und wenn der Aufwand noch so groß war.

«Negativ.» Van Gemmern machte ein bedauerndes Gesicht. «Keine Übereinstimmung. Das trifft übrigens auf alle seine Schuhe zu.»

Toppe seufzte. «Wäre ja auch zu einfach gewesen.»

Er ging ins Büro, stellte sich vor die große Wandkarte vom Niederrhein und suchte den Tatort.

Wo konnte der Täter die Waffe versteckt haben? Es gab jede Menge kleiner Gräben und Tümpel in dem angrenzenden Waldstück und, wie Berns schon gesagt hatte, den breiten Wassergraben um das alte Schlösschen «Haus Rosendal».

Toppe seufzte wieder, denn ihm war klar, wie viel Energie es ihn kosten würde, seinen Chef zu überreden, für ein solches, nicht sehr aussichtsreiches Unternehmen genügend Leute abzustellen. Aber im Moment sah er keinen anderen Weg, also würde er sich gleich morgen früh in die Höhle des Löwen begeben.

Selbst wenn keiner von Suericks Schuhen zu den Spuren am Tatort passte, hieß das nicht unbedingt, dass Suerick mit der Tat nichts zu tun hatte, überlegte er. Schuhe konnte man verschwinden lassen.

Breitenegger kam herein. «Sag nichts, ich habe Berns auf dem Flur getroffen. Die kurzfristig heiße Spur Suerick ist schon wieder kalt.» Er setzte sich auf die Schreibtischkante.

«Die Alibis dieser Mopedfahrer sind übrigens wasserdicht, zumindest was den ersten Teil betrifft. Wie der Zufall es will, hat sie nämlich jemand angezeigt, weil sie widerrechtlich im Kranenburger Baggerloch geschwommen sind, und zwar jeden Einzelnen, der auf Norberts Liste stand.»

Toppe schnaubte unwillig. «Wer zeigt denn so was an?»

«Dieser Typ scheint sich darauf spezialisiert zu haben, Gabriel Dollmann, ein arbeitsloser Lehrer, der in der Nähe vom Baggersee wohnt. Ist bei den Kollegen auf der Wache bestens bekannt, aber nicht unbedingt beliebt.»

«Ist Norbert nach Moyland gefahren?»

«Ja, eigentlich müsste er schon längst wieder hier sein.» Breitenegger deutete auf die Landkarte. «Willst du allen Ernstes die Tatwaffe suchen lassen?»

«Hast du eine bessere Idee?»

«Im Moment nicht.»

Als van Appeldorn zehn Minuten später das Zimmer betrat, sah er zwei große schwere Männer vor der Karte stehen und einträchtig mit kleinen blauen Steckfähnchen hantieren. Sie drehten sich gleichzeitig zu ihm herum.

«Gott sei Dank», freute Toppe sich. «Du hast bestimmt eine Zigarette für mich.»

«Klar.» Van Appeldorn warf ihm eine zerknautschte Lucky-Strike-Schachtel zu und ließ sich auf einen Stuhl fallen.

«Ein echt nobler Verein, sag ich euch.»

«Der Tennisclub?»

«Was sonst?»

Toppe gab ihm die Schachtel zurück.

«Also», begann van Appeldorn. «Landmann ist schon seit Jahren Mitglied in diesem Club, und er spielt dort regelmäßig jeden zweiten Donnerstag vormittags, manchmal auch nachmittags, und zwar meistens mit Bert Steendijk.»

Toppe nickte langsam. «B. S.!» Dann stutzte er. «Steendijk? Von Steendijk?»

«Genau. Das ist der Alte von unserer Neuen.»

«Hast du mit ihm gesprochen?»

«Sicher, ziemlich normaler, netter Typ, für einen Industriebonzen, meine ich.»

«Diesen Che hast du nicht zufällig auch noch getroffen?», fragte Breitenegger hoffnungsvoll.

«Tut mir leid, aber damit konnte keiner dienen.»

«Ich krieg's schon noch raus.» Breitenegger mahlte mit den Zähnen.

Toppe kannte das schon. Sein Aktenführer liebte es, scheinbar Unmögliches herauszufinden. Er war eine Puzzlernatur und damit genau richtig in seinem Job.

Toppe berichtete von Suericks Adimed-Schuhen, die aber leider nicht zu den Spuren passen wollten.

Van Appeldorn blieb sichtlich unbeeindruckt. «Das will nichts heißen, oder? Schuhe kann man verschwinden lassen. Gelegenheit dazu hatte er ja reichlich.»

«Wo Ackermann nur bleibt?», brummte Breitenegger.

Toppe gähnte. Er war müde und hungrig. Und er hatte das sichere Gefühl, dass er heute lange nicht zur Ruhe kommen würde.

«Wann triffst du deinen Freund in der Kneipe, Norbert?»

«Um kurz nach acht bei Günni. Soll ich dich mitnehmen?»

«Ich glaube, ich fahre lieber nach Hause, dusche und esse was. Ich brauche eine Pause, mein Kopf ist völlig leer.» Er hob schnell die Hand, als Breitenegger zum Sprechen ansetzte. «Ja, Günther, ich komme nachher nochmal ins Büro und schreibe meine Berichte, keine Sorge.»

Er war froh, an die frische Luft zu kommen.

Um kurz vor Mitternacht hatte Toppe seine Berichte getippt und alle Akten noch einmal gelesen.

Zuoberst lag Ackermanns Bericht. Er hatte jede Menge Zeugen dafür gefunden, dass die Jungs von der Mopedgang am Donnerstag bis spät in die Nacht hinein im Billardcafé gewesen waren und sich ein Video nach dem nächsten angeschaut hatten. Ackermann hatte jeden einzelnen überprüft. Das musste eine Menge Lauferei gewesen sein. Man konnte gegen Ackermann sagen, was man wollte, aber er war gründlich und machte die Arbeit, die man ihm auftrug, gut.

Van Appeldorn war wohl noch mit seinem Freund in der Kneipe.

Es war dunkel und still im Haus. Toppe hatte nur die Tischlampe eingeschaltet, das Deckenlicht war grell, und es sah auch so schon trist genug aus in diesem Büro, das schon vor Jahren hätte renoviert werden müssen. Die mattgrünen Wände wirkten noch fleckiger als bei Tage. Ein freundlicher Arbeitsplatz sah anders aus.

Alte graue Resopalschreibtische, ein angestoßener Aktenschrank, ein Garderobenständer aus Schmiedeeisen, nackte Neonröhren, billige Tischlampen. Die Stühle waren nicht schlecht. Auf dem Boden grün und grau gewürfeltes PVC und vergilbte Synthetikstores an den Fenstern.

Warum war er bisher nie auf die Idee gekommen, es hier ein bisschen behaglicher zu machen? Ein paar Pflanzen vielleicht, eine eigene Kaffeemaschine, Bilder. Schließlich verbrachte man mehr Zeit in diesem Laden als zu Hause, jedenfalls in wachem Zustand.

Er stellte sich van Appeldorns Gesicht vor, wenn er hier plötzlich Topfpflanzen anschleppte ...

Hier saß er also mit seinem ersten eigenen Mordfall. Hier saß er und war endlich in der Situation, die er sich so oft vorgestellt hatte, und konnte nicht sagen, wie er sich dabei fühlte.

Landmann hatte seinen Mörder gekannt. Aber warum war er mit ihm in diesen Schuppen gegangen? Was hatten sie dort gewollt?

Vielleicht war Landmann aber auch allein gewesen, und irgendetwas im Schuppen hatte seine Aufmerksamkeit erregt, und er hatte nachschauen wollen.

Es hatte geregnet. Warum joggte man bei so einem Wetter? Es konnte sein, dass der Regen so stark geworden war, dass Landmann sich in dem Schuppen hatte unterstellen wollen und jemanden bei irgendwas ertappt hatte. Bei was?

Aber wenn, dann wäre er nicht von hinten erschlagen worden. Der erste Schlag hatte ihn überrascht, das war sicher.

Doch eine Affekttat?

Wenn ihn jemand vorsätzlich getötet hatte, dann hatte er sich einen ziemlich dämlichen Platz dafür ausgesucht. Nun gut, vielleicht hatte der Täter gewusst, dass bei Welbers keiner zu Hause war, aber dann blieben immer noch die ganzen Jogger, die zu Dutzenden am Schuppen vorbeitrabten.

War Landmann mit diesem geheimnisvollen Che verabredet gewesen? «Che» stand im Kalender. Mit Fragezeichen. Keine Uhrzeit.

Warum in der Gärtnerei? Offensichtlich hatte Landmann keinerlei Verbindung zu Welbers und der Gärtnerei, oder? Das sollte man noch einmal genauer überprüfen.

Er machte sich eine Notiz.

Ein Geräusch auf dem Flur, er erkannte van Appeldorns Schritt.

«Na, sitzt hier und grübelst, wie?» Van Appeldorn nahm Platz, schob das Telefon beiseite und legte die Füße auf den Schreibtisch.

Toppe überlegte laut weiter. «Ganz schön kaltblütig, der Täter.»

Van Appeldorn betrachtete seine Fingernägel. «Wegen dem Sack meinst du?»

«Ja, genau. Auf den ersten Blick sieht es ja so aus, als wäre jemand völlig ausgerastet und hätte blind drauflosgeschlagen. Aber wir wissen jetzt, dass es nicht so war. Der Täter muss, als Landmann dort lag, ganz kühl überlegt haben. Es sollte nach einem Racheakt aussehen, und so hat er es dann auch in aller Ruhe arrangiert.»

Toppe suchte wieder nach Zigaretten, er hatte tatsächlich vergessen, sich welche zu kaufen.

«Ich glaube trotzdem nicht an einen vorsätzlichen Mord», sagte van Appeldorn. «Das passt einfach hinten und vorn nicht.»

«Nein», bestätigte Toppe. «Der Ort ist einfach schlecht gewählt.»

«Richtig. Und nehmen wir einmal an, die Tatwaffe ist tatsächlich Welbers' Brecheisen, dann weist das deutlich auf eine Tat im Affekt hin. Wenn der Mord geplant gewesen wäre, hätte der Täter die Tatwaffe doch mitgebracht.»

Eine Zeit lang sagten sie nichts mehr.

Toppe wühlte wieder in seinem Bart. «Blöd ist der Täter jedenfalls nicht. Er hat ganz kalkuliert gehandelt.»

Van Appeldorn stand auf und holte Zigaretten aus seiner Jacke, die er an den Garderobenständer gehängt hatte, und hielt Toppe die Schachtel hin.

«Landmann ist ein Unsympath», sagte er. «Ich habe mit meinem Freund gesprochen, Uwe Kirschke, der Anwalt. Der ist nicht besonders gut auf Landmann zu sprechen. Er sagt, man kam überhaupt nicht an diesen Mann heran. Normalerweise laufen bei Gericht vor Prozessen, meist ganz nebenbei, Vorabgespräche zwischen Anwalt und Richter, ganz unverbindlich, wohlgemerkt. Kirschke sagt, Landmann hätte da immer total abgeblockt.»

«Was ja an sich nicht falsch ist», gab Toppe zu bedenken.

«Sicher, wenn man's genau nimmt.» Van Appeldorn grinste schief. «Aber egal, Landmann war ausgesprochen unbeliebt. Kirschke meint, er kenne keinen bei Gericht, der gut mit Landmann ausgekommen wäre. Selbst die Sekretärinnen hat der getriezt, wo er konnte. Er war wohl der Prototyp des kleinkarierten Beamten.»

«Was haben denn die Leute vom Tennisclub über Landmann gesagt?»

«Der gleiche Tenor. Keiner kam an Landmann heran. Steendijk sagt, sie hätten seit Jahren zusammen Tennis gespielt, trotzdem hätten sie privat keinerlei Kontakt gehabt. Landmann hatte nie Interesse an engeren Beziehungen.»

Toppe fröstelte, er dachte an die Ehefrau und Sabine. «Aber daraus ergibt sich natürlich kein Mordmotiv.»

«Oder jede Menge, wie man's nimmt. Landmann hat sicher viele Menschen vor den Kopf gestoßen, und beruflich muss er auch so einige vergrätzt haben, wie Suerick zum Beispiel. Nur, wo willst du da anfangen?»

«Wir halten uns einstweilen an die Fakten, die wir haben. Wir hören einfach nicht auf, bis wir alle Spuren vom Tatort ausgewertet haben. Wir werden weiter in Landmanns Leben suchen, und wir werden, verdammt nochmal, herausfinden, wer oder was ‹Che› ist.»

Toppe stand auf und zog seinen Pullover an, den er über die Stuhllehne gehängt hatte. «Ich bin kaputt. Lass uns morgen früh weitermachen.»

«Ich schreibe nur noch meinen Bericht, dann gehe ich auch. Gute Nacht, Helmut.»

«Nacht, Norbert.»

In Toppes Wohnung war alles dunkel. Gabi schlief wohl schon.

Sein Magen knurrte, und er ging leise in die Küche. Auf dem Tisch stand ein Schälchen mit gehackten Zwiebeln, daneben eine Tube Mayonnaise und eine Flasche Gewürzketchup. Er schaute im Backofen nach – Gabi hatte eine Fleischrolle warmgestellt. Er küsste sie in Gedanken.

«Fleischrolle spezial», sein Leibgericht. Norbert mochte über die Holländer sagen, was er wollte, für diese kulinarische Erfindung konnte man sie nicht genug loben.

Während er reichlich Zwiebeln, Mayonnaise und den süßen Ketchup auf der Fleischrolle verteilte, wusste er plötzlich, was er am nächsten Morgen als Erstes tun würde: die Presse einschalten.

Wenn auf dem Hasselter Trimmpfad wirklich so viele Leute joggten, wie Welbers gesagt hatte, dann musste doch eigentlich irgendjemand Landmann am Donnerstagabend gesehen haben – und vielleicht sogar seinen Mörder.

Zwölf

Toppe war sauer, als er im Präsidium ankam. Er hatte einen penetranten Zwiebelgeschmack im Mund und eine Mordswut im Bauch.

Beim Frühstück hatte er sich fürchterlich mit Gabi gestritten. Sie hatte sich beklagt, dass alles an ihr hinge, der Bau vor allem, und dass ihr Vater ihr in den Ohren läge, es müsse doch endlich mal vorangehen. Nach einigem Hin und Her war Toppe entschlossen vom Tisch aufgestanden, hatte seinen Schwiegervater angerufen und ihm kurz und knapp mitgeteilt, er habe sich um den Bau nicht mehr zu kümmern. Und er hatte alle Arbeiten bis auf weiteres gestoppt.

Gabi war mindestens genauso entgeistert gewesen wie der Schwiegervater.

Dann hatte sie ihm auch noch erzählt, dass die Kinder den Nachmittag mit seinen Schwiegereltern im Duisburger Zoo verbringen würden. Und wo er gerade schon mal dabei war, hatte er ihr auch sehr deutlich erklärt, was er davon hielt, dass sie wieder arbeitete und die Jungen dauernd zu ihren Eltern gab.

Als er das Haus verließ, wusste er, dass er im Unrecht war, und das machte alles nur noch schlimmer. Außerdem war er zwanzig Minuten zu spät.

«Morgen!», bellte er.

Breitenegger sah ihn erstaunt an, van Appeldorn zog die Brauen hoch und Ackermann den Kopf ein. Der Staatsanwalt war noch nicht da.

«Wo sind die anderen?», fragte Toppe. Bevor er sich setzen konnte, klingelte sein Telefon.

Automatisch angelte van Appeldorn über den Tisch nach dem Hörer, aber Toppe winkte ab.

«Lass nur, ich nehme es selbst an.»

Es war der rasante Reporter.

«Nein, für Sie habe ich nichts Neues!», motzte Toppe.

«Was soll das denn heißen: für Sie?», fragte der Mann giftig.

«Genau das, was ich sage», erwiderte Toppe.

«Das ist impertinent», schimpfte der Reporter. «Sie wissen genauso gut wie ich, dass die Öffentlichkeit …»

«… ein Recht auf Information hat. Dessen bin ich mir durchaus bewusst.» Toppes Miene hellte sich auf. «So, und jetzt habe ich zu arbeiten. Sie können sich gern später noch einmal melden.» Damit legte er auf und blickte in die Runde. Ihm war ein wenig wohler.

«Dann wollen wir mal anfangen. Mir sind da ein paar Ideen gekommen.»

Sie beratschlagten eine Weile über den Wortlaut des Aufrufs, der in den lokalen Zeitungen erscheinen sollte. *Wer hat diesen Mann gesehen?*

Breitenegger rief Frau Landmann an, um nach einem neueren Foto ihres Mannes zu fragen, schickte dann Ackermann los, es abzuholen, und telefonierte mit den Lokalredaktionen.

Der Aufruf würde am nächsten Tag auf den ersten Seiten erscheinen.

Der Staatsanwalt rief an und entschuldigte sich, er würde vor 15 Uhr nicht kommen können.

«Auch gut», beschied Toppe und erläuterte dann, warum er es für so wichtig hielt, die Tatwaffe zu finden.

«Uns brauchst du das nicht zu erklären», feixte van Appeldorn.

«Na, dann gehe ich mal und rede mit dem Chef.» Toppe zögerte.

«Nicht vor 14 Uhr, Helmut. Der Chef ist heute Morgen in Düsseldorf», teilte ihm Breitenegger mit.

«Dann habe ich ja noch Zeit, mich zu wappnen», sagte Toppe erleichtert. «Nur geht es dann leider vor morgen nicht weiter. Ich hätte die Aktion lieber heute schon gestartet. Sie wird ja wohl ein paar Tage in Anspruch nehmen.»

«Wenn Sie damit mal hinkommen», knurrte Berns, der schon eine Weile in der Tür gestanden hatte.

Die Besprechung dauerte lange, aber trotz der bisher eher mageren Ergebnisse waren alle guten Mutes.

Sie trugen zusammen, was sie bisher über Landmann herausgefunden hatten, dachten über mögliche Motive nach und stellten schließlich fest, dass einige Personen dringend noch einmal näher befragt werden mussten.

«Die klassische Frage – ‹Hatte Landmann Feinde?› – muss man in seinem Fall wohl nicht stellen», bemerkte van Appeldorn spitz.

«Trotzdem müssen wir noch einmal darüber mir seiner Frau und seiner Tochter reden, mit seinen Nachbarn, Kollegen und anderen Leuten aus seinem Tennisverein.»

«Und für mich ist auch Suerick noch nicht endgültig aus dem Spiel», bemerkte van Appeldorn.

«Warte mal eben», unterbrach Toppe ihn. «Was war mit dieser Kinokarte?»

«Nichts. Ist ungefähr ein halbes Jahr alt, aber mehr konnten die mir im Kino nicht sagen.»

«Schade. Also, du willst Suerick nochmal unter die Lupe nehmen, Norbert? Dann bleiben für mich mal wieder Mutter und Tochter Landmann.» Toppe sah wenig begeistert aus.

«Und Ackermann könnte die Nachbarn übernehmen», schlug Breitenegger vor, «wenn er sich endlich blicken lässt.» Nach einer kurzen Pause fuhr er fort: «Wenn wir nun doch wieder einen Racheakt in Betracht ziehen, wäre es nur logisch, nach weiteren Gerichtsverfahren zu suchen, bei denen Landmann Ärger gemacht hat.»

«Darüber habe ich mit Kirschke schon gesprochen, aber dem fiel auf Anhieb nichts ein. Die Suerick-Geschichte kannte er natürlich. Aber gut, ich klemme mich nochmal dahinter.»

«Sonst noch Ansatzpunkte?», fragte Toppe.

«Nun ja», antwortete Breitenegger, «die Schuhspuren und die Zettel.»

«Die Zettel können wir wohl vernachlässigen», bemerkte van Appeldorn mit einem Grinsen. «Oder willst du vielleicht durch die Gegend rennen, Helmut, und von allen Niederrheinern Handschriftproben nehmen?»

In Toppes Augen blitzte etwas auf. «Gar keine schlechte Idee, im Ansatz. Zumindest könnte man Proben von den Leuten nehmen, die wir als Täter in Betracht ziehen, ältere Schriftproben wären natürlich am besten ...»

«Haben Sie eigentlich das Gefühl, dass wir unter Arbeitsmangel leiden?», fuhr Berns böse dazwischen.

Aber Toppe war jetzt richtig in Fahrt. «Zu den Schuhspuren ist mir noch etwas eingefallen. Wenn wir da zu keinem positiven Ergebnis kommen, warum versuchen wir es dann nicht über den Ausschluss?»

Breitenegger und van Appeldorn verstanden nicht, worauf er hinauswollte, nur Berns starrte ihn entgeistert an.

«Ich meine, warum schalten wir nicht auch an diesem Punkt die Öffentlichkeit ein?», erläuterte Toppe. «Wir könnten doch fragen, wer an dem betreffenden Abend und meinetwegen zwei, drei Tage vorher in der Nähe des Tatorts gewesen ist und seine Spuren hinterlassen haben könnte. Diese Leute sollen mit ihren Schuhen herkommen. Vielleicht gelingt es uns so, die ganze Sache auf eine Schuhspur zu reduzieren, denn ich nehme nicht an, dass der Mörder sich bei uns melden wird. Wir wüssten dann zumindest, nach welchem Schuh wir suchen.»

«Nicht schlecht», nickte van Appeldorn. «Ein bisschen unorthodox, aber gar keine schlechte Idee.»

«Ja, seid ihr denn alle wahnsinnig geworden?», polterte Berns los. «Habt ihr eine Ahnung, was da auf uns zukäme? Kennt ihr denn die Menschen hier nicht? Die lassen sich so eine Sensation doch nicht entgehen. Zu Tausenden werden die uns die Bude einrennen mit ihren Latschen!» Er geriet völlig aus dem Häuschen.

«Aber das ist doch gerade unsere Chance», beharrte Toppe. «In einer Großstadt brächte so eine Aktion gar nichts, aber hier könnte man wirklich zu einem Ergebnis kommen. Oder haben Sie eine bessere Idee?»

Berns tippte sich nur vielsagend an die Stirn.

Während des ganzen Disputs hatte Breitenegger in aller Ruhe seine Pfeife neu gestopft. «Na, dann muss ich wohl nochmal bei den Zeitungen anrufen», stellte er fest. «Am besten lasse ich die Journalisten hier antanzen und diktiere denen das in die Feder, das ist sicherer.»

Die Aussicht, wieder mit Frau Landmann reden zu müssen, dämpfte Toppes Stimmung erheblich. Er hatte mit ihr telefoniert. Ja, sie sei zu Hause, Sabine auch.

Wenn ihm noch Zeit blieb, wollte er nach dem Gespräch mit den beiden noch einige Nachbarn befragen.

Er bog in die Kreuzhofstraße ein und sah auf die Uhr: zehn vor zwölf. Gabi musste gerade nach Hause gekommen sein.

Es war still in der Wohnung, aus dem Bad hörte er das Rauschen der Dusche. Noch im Flur zog er Schuhe, Strümpfe und Pullover aus.

Sie stand mit dem Rücken zu ihm und wusch sich die Beine. Er nahm sich nicht die Zeit, seine Jeans ganz auszuziehen, öffnete die Duschkabine, legte ihr von hinten die Hände auf die Brüste und drückte sich an sie.

Sie stöhnte auf. «So dringend?»

«Noch viel dringender», flüsterte er in ihr nasses Haar.

«Ja», lachte sie leise und drehte sich zu ihm um.

Sie stellten nicht einmal das Wasser ab.

Ungefähr anderthalb Stunden später stand Toppe in Landmanns Arbeitszimmer und sah sich noch einmal um. Gab es in diesem Raum irgendetwas, das ihm weiterhelfen konnte?

Hier war es so aufgeräumt, dass es schon ungemütlich war. Aber das sagte natürlich auch etwas über Landmann aus.

Toppe öffnete noch einmal den Schreibtisch, keine persönlichen Briefe, keine Notizen, nichts.

Es war so, als hätte dieser Mann kein privates Leben gehabt, keine Erinnerungen, die er hatte festhalten wollen.

Bis auf das Fotoalbum. Erinnerungen an eine Zeit, die ziemlich weit zurücklag.

War es nicht wahrscheinlich, dass er noch Kontakt zu den ehemaligen Verbindungsbrüdern gehabt hatte? War es nicht gerade der Sinn einer Verbindung, sich im späteren Leben, wenn man Karriere machte, wechselseitig unter die Arme zu greifen?

Frau Landmann und Sabine saßen auf der Terrasse und tranken Tee. Als Toppe gekommen war, hatten beide im Garten gearbeitet. Jetzt machten sie wohl eine Pause, vielleicht weil er im Haus war. Eine dritte Tasse stand schon auf dem Gartentisch. Toppe setzte sich dazu und nahm den Tee dankbar an. Wie schon zuvor fand er es schwierig, mit Frau Landmann ins Gespräch zu kommen, aber diesmal ließ er nicht locker, auch wenn das Ganze wieder den Charakter eines Frage-und-Antwort-Spiels hatte.

Landmann musste Freunde gehabt haben, Verwandte vielleicht, Tennispartner, Kollegen, zu denen er näheren Kontakt gehabt hatte. Aber die Frau schüttelte nur immer wieder den Kopf. Gut, einmal im Jahr war sie mit ihrem Mann auf dem Vereinsfest des Tennisclubs gewesen, zwei-, dreimal hatten sie mit einigen seiner Kollegen gegessen, aber regelmäßige Treffen, Gespräche, gemeinsame Abende hatte es einfach nicht gegeben.

«Mein Vater brauchte keine Freunde», sagte Sabine, eine Formulierung, die Toppe verwunderte. Er wusste den Unterton, den er herauszuhören glaubte, nicht einzuordnen, aber auf sein Nachhaken kam nur ein gleichgültiges Schulterzucken.

Er konnte es sich nicht verkneifen, Frau Landmann zu fragen: «Und Sie? Haben Sie die sozialen Kontakte nicht vermisst?»

Die Frage irritierte sie, das spürte er deutlich, aber dann antwortete sie nur mit einem schlichten «Nein», das keine weiteren Fragen zuließ.

Schließlich kam er auf das Fotoalbum zu sprechen. «Seine Verbindung, seine Freunde von damals haben Ihrem Mann offenbar viel bedeutet.»

«Ja, natürlich.» Sie berichtete, dass man sich einmal im Jahr zu einem Kommers getroffen hatte, an dem auch die Ehefrauen teilgenommen hatten.

«Dann müssten Sie die Leute in diesem Album doch kennen», stellte Toppe fest.

«Einige kenne ich selbstverständlich.» Sie lächelte. «Aber von den meisten weiß ich nur den Spitznamen.»

Toppe wurde hellhörig. «Gibt es da einen, der Che genannt wird?»

«Nein, nicht dass ich wüsste.»

«Und welchen Spitznamen hatte Ihr Mann?»

«Zatopek.»

«Zatopek? Ach so, der Läufer.»

Wieder lächelte sie. «Wissen Sie, ich habe mich mit den anderen Ehefrauen unterhalten, während unsere Männer sich über Geschäfte und Politik ausgetauscht haben.»

«Und außer auf diesen jährlichen Zusammenkünften hat Ihr Mann sich nicht mit dem einen oder anderen aus der Verbindung getroffen?»

«Nicht, dass ich wüsste. Telefoniert hat er wohl manchmal mit ihnen, aber nicht sehr häufig.»

«Würden Sie mir eine Liste aller Namen geben, an die Sie sich erinnern?»

«Aber gern. Muss das jetzt sofort sein?»

«Nicht unbedingt, aber morgen hätte ich sie schon gern. Lässt sich das einrichten?»

Mein Gott, Frau, wie kannst du nur so unbeteiligt sein, dachte er.

«Ich habe morgen sowieso einige Dinge in der Stadt zu erledigen. Wäre es Ihnen recht, wenn ich Ihnen dann die Liste ins Präsidium bringe?»

«Ja, danke, das reicht mir», nickte Toppe und schaute der Frau in die Augen. «Gibt es eigentlich Zeugen dafür, dass Sie am Donnerstagabend zu Hause waren?»

Sie verzog nicht einmal das Gesicht. «Natürlich. Meine Tochter war den ganzen Abend bei mir.»

Sabine starrte ihn entgeistert an, sagte aber nichts.

«Übrigens, Herr Hauptkommissar», bemerkte ihre Mutter kühl, «ich habe keinen eigenen Wagen.»

«Danke», sagte Toppe nur und stand auf, «ich finde schon hinaus.»

Am Gartentor drehte er sich noch einmal um. «Ist eigentlich am Samstag wieder Theaterprobe?»

«Ja, sicher», antwortete Sabine verblüfft. «Wollen Sie wirklich zuschauen?»

«Ich glaube, schon», antwortete Toppe nachdenklich. «Ja, ich glaube, das will ich wirklich.»

«Nun, ich weiß nicht, Herr Toppe», sträubte sich der Chef, «das scheint mir doch eine äußerst ungewöhnliche Methode zu sein.»

Toppe öffnete den Mund, um noch einmal zu erklären, was er sich davon versprach, möglichst viele Schuhspuren auszuschließen, aber der Chef ließ ihn nicht zu Wort kommen.

«Nein, sagen Sie nichts. Es ist Ihr erster eigener Fall,

vielleicht müssen Sie sich ja ein wenig die Hörner abstoßen. Aber ich sage Ihnen gleich, ich kann Ihnen auf gar keinen Fall einen weiteren Beamten zuteilen, ganz gleich, wie viel Arbeit bei Ihnen anfallen mag. Und Sie sind mir persönlich dafür verantwortlich, dass nicht der ganze Betrieb gestört wird. Wenn Sie mir das garantieren, möchte ich Ihnen keine Steine in den Weg legen.» Er lächelte jovial. «Schließlich muss jeder von uns seine eigenen Erfahrungen machen.»

Toppe verdrehte innerlich die Augen. Ein Mann des Wortes, sein Chef, immer korrekt gekleidet, immer glattrasiert und wohlgescheitelt: Dr. Bouwmanns, Jurist, Anfang fünfzig, von der praktischen Arbeit keinen Schimmer, aber zweifelsohne ein Mann des Wortes.

«Bei der Suche nach der Tatwaffe, allerdings, kann ich Ihnen nicht weiterhelfen. Sie kennen doch unsere personelle Situation.» Er lächelte nicht mehr, sondern sah Toppe aus seinen wasserblauen Augen fest an.

Toppe hörte augenblicklich auf, seinen Bart zu kraulen, und drückte das Kreuz durch.

«Die kenne ich selbstverständlich, Herr Dr. Bouwmanns. Dennoch ist es von entscheidender Wichtigkeit, dass die Tatwaffe gefunden wird. Das haben Sie den Berichten ja selbst entnehmen können.» Er ärgerte sich, dass er auch schon anfing, geschwollen daherzureden, sah aber seinem Vorgesetzten ebenfalls fest in die Augen.

«Nun, so ganz kann ich Ihre Eile nicht nachvollziehen, Herr Toppe. Sie können doch sicher ein oder zwei Mitarbeiter aus Ihrem Team ...»

«Auf gar keinen Fall! Sie wissen doch selbst, was auf mein Team in den nächsten Tagen zukommen wird.»

«An wie viele Männer hatten Sie denn gedacht? Wie viele benötigen Sie für Ihren Suchtrupp?»

«Mindestens acht.»

Bouwmanns lachte auf. «Ich bitte Sie! Sie arbeiten nun doch schon eine ganze Weile bei uns, aber warten Sie, wir machen es so ...» Eine wohlgesetzte Pause. «Ich stelle Ihnen fünf Männer zur Verfügung, und zwar für zwei Tage. Wenn dann noch kein Ergebnis vorliegt, werden wir beide uns noch einmal unterhalten müssen, nicht wahr?» Damit setzte er seine Goldrandbrille wieder auf, die er in der Hand gehalten hatte, ein Zeichen, dass für ihn die Unterredung beendet war.

Toppe nickte und stand auf, aber der Chef hatte es sich wohl anders überlegt und kam um den Schreibtisch herum.

Mit behutsamer Freundlichkeit legte er Toppe seine manikürte Hand auf die Schulter.

«Nun, dies ist ja Ihre Bewährungsprobe, Herr Toppe, nicht wahr? Ich bin sicher, wir schaffen das. Aber Sie sollten wissen, dass ich, sollten Sie in diesem, zugegeben schwierigen, Fall nicht weiterkommen, jederzeit fachliche Hilfe aus Krefeld anfordern kann.»

Toppe räusperte sich lange. «Vielen Dank, Herr Doktor», erwiderte er. «Ich bin Ihnen sehr dankbar für Ihre freundliche Unterstützung.»

Dann ging er, ohne sich noch einmal umzudrehen, und versetzte dem Cola-Automaten auf dem Flur einen kräftigen Tritt.

Dreizehn Natürlich hatten alle geahnt, dass ein ziemliches Chaos auf sie zukommen würde, aber keiner, am allerwenigsten Toppe, hatte mit einer derartigen Hilfsbereitschaft der Bevölkerung gerechnet.

Der Strom der Leute ließ nicht nach. Bis in den späten Abend hinein führten sie zu viert Gespräche, fertigten zahllose Protokolle an, und bis weit nach Mitternacht versuchten sie, erste Ergebnisse zusammenzustellen. Wüste Papierstapel türmten sich auf allen Schreibtischen.

Sie erhielten eine Fülle von Informationen. Viele wollten Landmann gesehen haben, mal in Begleitung einer blonden Frau, mal mit zwei halbwüchsigen Mädchen, mal in Begleitung eines jüngeren Mannes.

Im Labor des ED stapelten sich die Schuhe der Leute, die am Tatort gewesen sein wollten.

Als das dreiundsechzigste Paar abgegeben wurde, platzte Berns endgültig der Kragen. «Toppe hat doch den Arsch auf!», brüllte er und stürmte aus dem Labor schnurstracks zum Chef.

Van Gemmern arbeitete still weiter. Er zog es vor, sich herauszuhalten.

Am Donnerstag rief der Chef zweimal an. Toppe ließ sich beide Male verleugnen, aber das half ihm nichts. Um Punkt 17 Uhr rauschte Bouwmanns ins Büro. «Ist die Tatwaffe gefunden worden?»

«Nein», antwortete Toppe ebenso kurz.

«Wer leitet die Suchaktion?»

«Ich habe Herrn Janhsen die Leitung übertragen.»

«Sie waren selbst nicht dabei?»

«Doch, gestern bin ich zweimal dort gewesen.»

«Heute nicht?»

«Nein, ich sah keine Veranlassung. Die Kollegen sind in der Lage, selbständig zu arbeiten.»

Sie standen sich mitten im Raum gegenüber.

Breitenegger und van Appeldorn hatten aufgehört, in ihren Papieren zu wühlen.

Dr. Bouwmanns sah von einem zum anderen. Dann strich er sich mit der Hand übers Haar. «Nun gut, ich überlasse Ihnen die fünf Kollegen noch für den morgigen Tag. Allerdings würde ich es begrüßen, wenn Sie zeitweise selbst zugegen wären. Aber letztlich bleibt das natürlich Ihnen überlassen. Und was die andere Sache betrifft», er machte eine Geste, die alle Papierstapel umfasste, «sollten wir uns so bald wie möglich über die Ergebnisse unterhalten, wenn Sie es einrichten können. Auf Wiedersehen, meine Herren.»

Einen kleinen Augenblick noch stand Toppe da, dann schnappte er sich seinen Pullover. «Ich gehe Zigaretten kaufen.»

«Es regnet, Helmut», bemerkte van Appeldorn.

«Scheißegal.»

Über eine Stunde lief er durch die Stadt und versuchte sich zu beruhigen.

So unrecht hatte der Chef nicht. Jede Menge, vielleicht unnötige, Arbeit und kein Ergebnis in Sicht. Nur noch morgen ... Wenn sie dann die Tatwaffe nicht gefunden hatten, waren sie genauso schlau wie zuvor.

Er bog in die Große Straße ein und machte sich auf den Rückweg zu seinem Auto.

Vor *Aldi* gab es einen Menschenauflauf. Einer der Penner, die dort auf den neuen Rundbänken ihren Stammplatz hatten, zerschlug laut singend leere Flaschen auf dem Pflaster. Die Leute standen in sicherem Abstand, nahmen das kostenlose Schauspiel mit, angewidert und kopfschüttelnd. Nur wenige hasteten vorbei.

Ein Streifenwagen hatte sich langsam durch die Fußgängerzone aus Richtung Kaufhof den Berg hochgetastet. Zwei junge Kollegen sprangen aus dem Fahrzeug und eilten auf den alten Mann zu, der sich jetzt mit ausgebreiteten Armen singend um sich selbst drehte. Einer der Polizisten legte dem Alten von hinten die Hand auf die Schulter und zögerte dann einen winzigen Augenblick. Toppe wusste genau, was in dem Kollegen vorging, kannte die Situation aus der Zeit in Düsseldorf, als er selbst noch Streife gegangen war. Man wusste eigentlich genau, was man zu tun hatte, und dann wurde plötzlich die Anrede zu einem Problem. Wenn man eine Uniform trug, war das «Du» zu grob und das «Sie» zu amtlich.

Jetzt redeten beide Kollegen leise auf den Mann ein

und führten ihn, jeder einen Arm fassend, langsam zum Auto. Die Menschentraube löste sich auf.

Toppe wandte sich zum Gehen.

Einen Kaffee noch bei Eduscho.

Als er die Tür zu seinem Büro öffnete, merkte er, dass er keine Zigaretten gekauft hatte.

Es war deutlich ruhiger geworden, nur van Appeldorn und Breitenegger waren da und brüteten über ihren Unterlagen.

«Wo ist Ackermann?», fragte Toppe.

«Auf dem Klo», antwortete Breitenegger abwesend.

Van Appeldorn hob nicht einmal den Kopf.

«Was ist denn los, Norbert?» Toppe trat hinter ihn.

Wütend fuhr van Appeldorn zu ihm herum. «Wenn du mir nicht sofort Ackermann vom Hals schaffst, passiert hier ein Mord, das schwöre ich dir!»

Toppe biss sich auf die Lippen, er wusste, was Norbert meinte.

Ackermann hielt den ganzen Betrieb auf. Er ging übertrieben liebenswürdig mit den Leuten um und brauchte für eine Vernehmung dreimal so lange wie die anderen. Überflüssig zu erwähnen, dass fast die Hälfte der Gespräche auf Platt geführt wurde und stets mit langem Händeschütteln und ausgiebigen Dankesbezeugungen endete.

Toppe konnte nicht sagen, wie oft er den Satz «Nichts zu danken, man will ja bloß, dat Sie geholfen wird» gehört hatte, wenn wieder ein hilfsbereiter Bürger das Büro verließ.

«Herr Ackermann», sprach er ihn sofort an, als der ins Büro zurückkam, «ich habe gerade überlegt, dass es nicht angeht, wenn wir uns alle nur mit dieser Sache hier beschäftigen. Ich möchte, dass Sie sich um die Adimed-Schuhe kümmern. Wer trägt diese Schuhe? Müssen sie von einem Arzt verschrieben werden? Sind die Träger dieser Spezialschuhe irgendwo registriert? In Krankenhauskarteien vielleicht? Würden Sie das wohl übernehmen?

Ackermann sah ihn lange an. «Klar, Chef, mach ich, klar.» Dann, nach einer Weile: «Sofort?»

«Nein, nicht sofort.» Toppe zeigte kopfschüttelnd auf seine Armbanduhr. «Aber gleich morgen früh.»

Kein angenehmer Morgen.

Toppe fand sich bis zu den Knien in stinkendem Morast. Er war an der Böschung ausgerutscht und in einen der sumpfigen Wasserläufe geraten. Laut fluchend zog er sich an einer Baumwurzel hoch und schaute angeekelt an sich herab.

Fünf Polizisten standen um ihn herum und konnten sich ein Grinsen nicht verkneifen.

«Das ist jedem von uns hier schon passiert, Herr Toppe.»

Es hatte ohne Unterlass geregnet. Sie suchten inzwischen ein Gebiet ab, das gut zweihundert Meter Luftlinie vom Tatort entfernt war. Jeden Strauch, jeden Busch hatten sie umgedreht, in jeder Pfütze gestochert, zentnerweise Laub und Tannennadeln durchwühlt, sich an Brombeerranken die Hände aufgerissen.

«Ich weiß nicht, ob das hier Sinn macht», ächzte Toppe. «Am aussichtsreichsten scheint mir das Areal zwischen dem Tatort und dem Parkplatz zu sein. Schaut euch dort noch einmal gründlich um.»

Die Mannschaft folgte ihm zurück zur Gärtnerei, wo Toppe seinen Wagen geparkt hatte.

«Ich komme gegen fünf noch einmal wieder.»

«Der geht jetzt schön unter die heiße Dusche, der Herr Hauptkommissar», raunte einer, als Toppe ins Auto stieg.

«Lass mal», meinte Janhsen, «der ist schon ganz in Ordnung.»

Toppe hatte wirklich geduscht, aber er hatte sich beeilt.

Immer noch waren mehr Leute im Büro, als ihm lieb war. Van Gemmern wartete auf ihn.

«Wie kommt ihr voran?», fragte Toppe und zog ihn mit sich hinaus auf den Gang.

«Ganz gut, wir sind fast durch. Heute sind auch nur noch drei Paar Schuhe dazugekommen. Aber deshalb bin ich nicht hier, es geht um diese Adimed-Schuhe. Ich habe mich sachkundig gemacht. Zunächst einmal gibt es zwei verschiedene Sorten, den Adimed 1 und den Adimed 2. Beide werden bei einem Außenbandriss am Sprunggelenk verordnet. Sie unterscheiden sich in mehrerer Hinsicht, vor allem aber in ihren Sohlen. Das Profil des Adimed 1 ist unterbrochen, der Adimed 2 hat eine durchgehende Sohle. Der Abdruck am Tatort stammt eindeutig von einem Adimed 2. Suerick hat übrigens einen Adimed 1.»

«Na, das ist doch was», sagte Toppe erfreut. «Meinen Sie, wir können morgen früh die Ergebnisse zusammentragen?»

«Wenn es nach mir geht, schon heute Abend.»

Gegen halb fünf kam Ackermann zurück. Es sah müde aus.

«Na, Ackermann», van Appeldorn hatte seine normale Laune wiedergefunden, «dann zeig uns mal deine Liste.»

Ackermann legte ihm einen Zettel hin. «Überprüfen konnt ich aber noch niemand.»

Van Appeldorn begutachtete die Aufzeichnungen. «Zwölf Leute nur? Und nur ein Krankenhaus? Das kann nicht dein Ernst sein!»

Ackermann hatte den Tag seines Lebens verbracht. Er hatte alles in allem siebeneinhalb Stunden damit verbracht zu warten. Und es war nicht einmal so, dass er sich nicht bemüht hätte. Gleich bei seiner ersten Anlaufstelle, der Sekretärin des chirurgischen Chefarztes, wäre er fast schon gescheitert. Nein, hatte man ihm erklärt, man erteile grundsätzlich keine Auskünfte über Patienten. Aber er war hartnäckig geblieben. Gut, man wolle sich erkundigen, er möge bitte warten. Offenbar waren etliche Telefonate nötig. So saß er zwischen den Patienten der chirurgischen Ambulanz und wartete. Viermal fragte er nach. Nach ungefähr zwei Stunden erhielt er die Auskunft, doch, er könne die gewünschten Informationen bekommen, aber der zuständige Arzt operiere noch. Er möge sich noch eine Weile gedulden. Er wartete.

Weitere anderthalb Stunden später sah Ackermann einen Arzt über den Gang eilen. Er packte die Gelegenheit beim Schopf und sprach ihn an. Ja, der Arzt hatte schon von seinem Anliegen gehört, aber leider, er sei nur kleiner Assistent hier, darum müsse sich schon der Oberarzt kümmern und der operiere noch. Ackermann möge doch bitte warten, es könne nicht mehr lange dauern. Ob er inzwischen einen Kaffee trinken wolle. Nett, fand Ackermann.

Er trank drei Tassen und wartete. Irgendwann schließlich war der Oberarzt tatsächlich aufgetaucht und hatte sich ausführlich und durchaus freundlich mit ihm unterhalten, ihm erklärt, wann und wozu man jemandem Adimed-Schuhe verordnete und dass man bei einem Mordfall selbstverständlich die entsprechenden Auskünfte erteile. Er müsse nur kurz Rücksprache mit dem Chef nehmen, aber der operiere noch. Ackermann möge noch einen Augenblick warten, es könne nicht mehr lange dauern. Nach kurzer Zeit, etwa neunzig Minuten später, hatte ihm der Oberarzt tatsächlich die gewünschte Patientenliste gebracht.

Ackermann hatte das Gefühl gehabt, eine Trophäe davonzutragen, bis er, schon am Ausgang, feststellte, dass dieses Krankenhaus auch eine orthopädische Abteilung hatte. Eine geschlagene Minute hatte er dagestanden und auf das Schild gestarrt. Dann war er wie ein geprügelter Hund die Treppen wieder hochgestiegen.

Aber er hätte sich nicht zu sorgen brauchen. Wie in jeder Institution verbreiteten sich Neuigkeiten auch im Krankenhaus mit rasanter Geschwindigkeit. In der Orthopädie wusste man bereits Bescheid. Der Chef würde sich persönlich darum kümmern. Doch der sei gerade in einer Sitzung der Hygienekommission, aber es würde sicher nicht lange dauern. Wenn er, Ackermann, sich noch einen Moment gedulden wolle. Es dauerte wirklich nicht lange – schlappe fünfzig Minuten.

Und nun war Ackermann viel zu müde, ausführlich von seinen Erlebnissen zu berichten.

Schweigend schluckte er van Appeldorns bissige Bemerkungen.

«Ich geh jetz' wat essen», sagte er nur. «Un' dann guck ich, ob ich noch 'n paar von denen überprüft krieg.» Damit nahm er seine Liste wieder an sich.

«Prima, Herr Ackermann.» Toppe klopfte ihm auf den Rücken. «Wir sehen uns dann morgen früh.»

Es wurde zwei Uhr früh, bis sie endlich einen Überblick hatten. Alle drei waren todmüde, aber zufrieden. Die Ergebnisse waren nicht schlecht. Zwar war mit den Zeugen, die Landmann gesehen haben wollten, wenig anzufangen, zu widersprüchlich waren ihre Aussagen, zu ungenau die Beschreibungen. Aber die Schuhaktion war nicht umsonst gewesen, bis auf zwei konnten sie jetzt allen Spuren am Tatort Personen zuordnen.

Zufrieden überflog Breitenegger noch einmal die Liste, bevor er sie zu den Akten legte:

Puma Gr. 36 – Barbara Meesters, 26 J., Röntgen-MTA, Querallee 46, Kleve.

Puma G. 42 – Johannes Meesters 29 J., Angestellter; Ehemann zu 1.

Nike Gr. 45 – Karl Burger, 39 J., Vers.kaufmann, Nachtigallenweg 66, Bedburg-Hau.

Tretorn Gr. 40 – Angelika Winterscheid, 42 J., Sekretärin, Saalstr. 95, Bedburg-Hau.

Ara Gr. 38 – Luise Bachmann, 66 J., Rentnerin, In den Galleien 4, Kleve.

Remonte Gr. 39 – Maria Otterbeck, 65 J., Rentnerin, In den Galleien 2, Kleve.

Gabor Gr. 36 – Dr. Renate Müller, 45 J., Gynäkologin, Kastanienweg 17, Kleve.

Diese Leute würden alle auf eine mögliche Verbindung zu Landmann überprüft werden, aber auf den ersten Blick ergaben sich keine Verdachtsmomente.

Ganz unten auf der Liste stand:

Es fehlen:

Adimed-2-Schuh, Gr. 42

Schuh mit durchgehender Gummisohle Gr. 44 (italienisches Modell)

Zwei Schuhspuren, zwei Paar Schuhe.

Eines davon konnte dem Mörder gehören.

Toppe wusste, er würde nicht schlafen können.

Er schaute kurz ins Kinderzimmer und deckte Oliver zu, der sich wie immer die Decke abgestrampelt hatte. Dann ging er in die Küche und holte sich ein Bier aus dem Kühlschrank.

Arend hatte ihm neulich ein Buch geschenkt, Fernando Pessoa.

Er nahm es vom Schreibtisch und legte sich aufs Sofa. Als er die ersten Seiten gelesen hatte, merkte er, wie die Müdigkeit langsam zurückkam. Ein starkes Buch, viel zu schwierig, es in diesem halbwachen Zustand zu erfassen. Er legte es auf den Boden, verschränkte die Hände im Nacken und starrte an die Decke.

Landmanns Persönlichkeit war ihm fremd. Und er musste sich eingestehen, dass der Richter ihm unsympathisch war, obwohl er ihn ja gar nicht gekannt hatte.

Was hatte er gerade gelesen? «Weise ist, wer seine Existenz eintönig gestaltet, denn dann besitzt jeder kleine Zwischenfall das Privileg eines Wunders.»

Langsam dämmerte er in den Schlaf hinüber, doch dann schoss ihm wieder ein Gedanke quer. Da war noch ein Satz gewesen, aber er bekam ihn nicht zusammen. Er griff nach dem Buch und blätterte. «Ein Mensch kann, wenn er wahre Weisheit besitzt, das gesamte Schauspiel der Welt auf einem Stuhl genießen, ohne lesen zu können, ohne mit jemandem zu reden, nur seine Sinne gebrauchend und mit einer Seele begabt, die nicht traurig zu sein versteht.»

Er stand auf und löschte das Licht. Draußen wurde es langsam hell. Es lohnte sich nicht mehr, ins Bett zu gehen, er legte sich wieder aufs Sofa.

Eine Seele, die nicht traurig zu sein versteht, dachte er und schlief ein.

Vierzehn Das Telefon weckte Toppe um kurz vor acht. Es war van Appeldorn.

«Wenn es dir recht ist, würde ich gern noch einmal mit Suerick sprechen.»

«Wozu?» Toppe wunderte sich. «Du hast doch gehört, was van Gemmern gesagt hat. Suerick trägt einen Adimed-1-Schuh, und die Spur am Tatort stammt von einem Adimed 2.»

Van Appeldorn schwieg. Es schien ihm nicht leichtzufallen, sich von diesem Verdächtigen zu verabschieden.

«Na gut», sagte Toppe. «Dann finde heraus, wie das war mit Suericks Außenbandriss, und ob der behandelnde Arzt ihm tatsächlich einen Adimed 1 verordnet hat.»

Hinter ihm ertönte lautes Indianergeheul, und Christian, sein Ältester, sprang ihm auf den Rücken. Grußlos legte Toppe den Hörer auf und strubbelte seinem Sohn das Haar. «Na, Großer, wie steht's?»

«Gut. Ich hab Hunger.»

«Wo ist Mama?»

«Duscht. Warst du gar nicht in deinem Bett?»

Toppe schüttelte den Kopf und schlurfte in die Küche. Christian düste an ihm vorbei, nahm sich eine

Schüssel Pudding vom Küchentisch und fing an zu essen.

«Hee, der war bestimmt für mich!» Toppe hantierte mit der Kaffeemaschine.

Christian nickte und grinste. «Hast du den Mörder schon gefangen?», fragte er mit vollem Mund.

«Nein, leider nicht. Ich gehe jetzt auch duschen. Deck doch schon mal den Tisch.»

«Typisch», murrte Christian, «immer ich.»

Sie frühstückten in aller Ruhe, erzählten, lachten, und Toppe hatte das Gefühl, er wäre wochenlang weg gewesen. Auch jetzt gehörte er noch nicht wieder ganz zur Familie. Er kam sich eher vor wie ein besonders willkommener Gast.

Gegen elf kam wieder ein Anruf.

Oliver düste zum Telefon. «Oliver Toppe. Ja, der ist noch da. Papa», brüllte er, «dein Chef!»

Dabei zog er eine affige Grimasse, und Christian lachte laut.

«Pst!» Gabi stieß ihm den Ellbogen in die Seite.

Dr. Bouwmanns ließ sich berichten.

«Nun, das klingt doch recht zufriedenstellend. Ich bin sicher, Sie bringen den Fall auch ohne die Tatwaffe zu Ende.»

Toppe sagte nichts.

«Dann will ich Sie nicht länger von der Arbeit abhalten, Herr Toppe. Wir sehen uns in der nächsten Woche. Bis Mittwoch bin ich allerdings auf einer Tagung in München. Womöglich haben Sie den Fall bis dahin ja schon abgeschlossen.»

«Womöglich», antwortete Toppe.

Er setzte sich nicht wieder an den Frühstückstisch, sondern trank den letzten Schluck Kaffee im Stehen.

«Wann kommst du wieder?», fragte Gabi.

Toppe zuckte die Achseln. «Keine Ahnung. Tschüss, ihr drei.»

Als er schon im Flur war, rief sie hinter ihm her: «Wir müssen über Olivers Kommunion reden.»

Die ganze Zeit hatte er das Gefühl gehabt, dass sie an etwas herumdruckste. Das war es also gewesen.

«Heute Abend», rief er zurück und schlug die Wohnungstür hinter sich zu.

Scheiß Kommunion.

Hochzeit, Taufen, Religionsunterricht, Kommunion – Kirche – ein ewiges Thema bei ihnen. Er hatte sich Gabi zuliebe auf eine kirchliche Trauung eingelassen, war sogar konvertiert, wie es so großartig hieß, dabei war ihm die Kirche, solange er denken konnte, schnurzegal gewesen. Gabi übrigens auch, wenn sie ehrlich war.

Aber ihre Eltern, die Lehrer, die Mitschüler und überhaupt, man könne doch die Kinder nicht so ausschließen. Er hatte sich immer wieder gefügt, einfach weil er einem Grundsatzstreit aus dem Weg gehen wollte. Aber Christians Kommunion war unerträglich gewesen. Verlogene Heuchelei und leere Rituale, eine Aneinanderreihung von Floskeln, alles hatte mit den Kindern, um die es doch eigentlich gehen sollte, so wenig zu tun, dass es ihm unbegreiflich war. Auf der kleinen Feier nach der Zeremonie war ihm dann der Kragen geplatzt, und er hatte seine Meinung laut kundgetan und sich mit seiner Schwiegermutter und den anderen Oberkatholen angelegt. Erst Christians Tränen hatten ihn dazu bewogen, den Mund zu halten. Aber er hatte sich geschworen, so ein Theater nicht noch einmal mitzumachen. Seitdem hatten Gabi und er das Thema nicht wieder berührt. Keiner von ihnen, auch Christian nicht, war seitdem jemals wieder in der Kirche gewesen.

Er stieg ins Auto und schaute auf seine Uhr, Viertel nach elf, Samstag.

Die Arbeit konnte noch eine halbe Stunde warten, er würde bei der Theaterprobe an der Sebus-Schule hereinschauen.

Leise öffnete er die Tür zur Aula. Ein bisschen komisch kam er sich schon vor, er war der einzige Zuschauer. Schnell glitt er auf den Stuhl, der der Tür am nächsten stand.

Die Bühne war hell erleuchtet. Sie probten noch ohne Kulissen und Kostüm. Oder war so etwas gar nicht vorgesehen? In der ersten Reihe saßen ein paar Jugendliche mit Textbüchern in der Hand. Links außen entdeckte er Sabine Landmann.

Auf der Bühne zwei Tische und mehrere Stühle. Am linken Bühnenrand stand ein etwa vierzig Jahre alter Mann, der ebenfalls einen Text in der Hand hatte, wohl der Lehrer, der die Sache leitete.

In der Mitte der Bühne befanden sich ein Junge und ein Mädchen, beide vielleicht siebzehn. Das Mädchen war außerordentlich hübsch, langes, seidiges Haar, große dunkle Augen. Der Junge hielt ihre Hand. «... ohne entsprechende Normen wird es uns nie gelingen, eine harmonische Einheit ...»

«Stopp!», rief der Lehrer. «Stefan, du leierst. Ich weiß, wir machen das heute zum ersten Mal ohne Textbuch, aber du kannst das doch. Sei mal ein bisschen mutig und sprich ganz normal, so wie du's mit dem Text in der Hand auch gemacht hast. Das klappt schon. Nochmal ab ‹... ganz allgemein›.»

Die beiden auf der Bühne traten ein paar Schritte auseinander, dann ging der Junge auf das Mädchen zu, ergriff seine Hand und begann: «Also, ganz allgemein genommen, ist die Aufstellung eines Wertsystems unentbehrlich für das ordnungsgemäße Funktionieren des Einzelnen wie der Gesellschaft. Ohne entsprechende Normen wird es uns nie gelingen, eine harmonische Einheit zu schaffen und diejenigen Elemente, die man – natürlich in einem erweiterten und nicht nur moralischen Sinne – als das Gute und das Böse bezeichnet, in das erforderliche Gleichgewicht zu bringen.»

Damit zog er das Mädchen an sich und wollte es küssen, aber das Mädchen wandte das Gesicht ab.

«Stopp!», rief der Lehrer wieder. «Gesprochen war das jetzt prima, Stefan, aber du sollst die Ala an dich reißen, wild küssen, unkontrolliert. Das muss viel heftiger kommen. Und du auch, Katja, reiß dich los, ‹wild› heißt es hier.»

Stefan grinste schief.

«Der bringt's doch nicht», rief einer der Jugendlichen in der ersten Reihe. «Am besten, Sie machen ihm mal vor, wie es richtig geht, Herr Dr. Hermans.»

Alle lachten. Das Mädchen auf der Bühne warf dem Lehrer einen Blick zu und errötete, lachte dann aber mit.

«Nun beruhigt euch mal wieder.» Dr. Hermans klatschte in die Hände. «Also noch einmal, ihr beiden.»

Diesmal lief die Szene schon besser.

«Okay, das reicht erst mal», entschied der Lehrer und sprang in den Zuschauerraum hinunter. Dabei entdeckte er Toppe, runzelte die Stirn und warf ihm einen fragenden Block zu.

Toppe nickte grüßend. Alle hatten sich jetzt zu ihm umgedreht.

«Ach, Herr Toppe», rief Sabine. Sie strahlte und kam zu ihm geeilt. «Sie sind tatsächlich gekommen. Das finde ich total schön.» Sie drückte ihm die Hand. «Kommen Sie doch mit nach vorn.» Sie schob ihn vor sich her.

Toppe fühlte sich unwohl in seiner Haut und lächelte einfältig.

«Das ist Kommissar Toppe, der den Tod meines Vaters untersucht», erklärte Sabine leichthin.

Dr. Hermans kam auf ihn zu und streckte ihm die Hand entgegen. «Hermans», sagte er. «Sie interessieren sich fürs Schülertheater?»

«Ja, sehr. Ich habe früher selbst mal gespielt.»

Es entstand eine dumme, kleine Pause. Alle standen um ihn herum.

«Interessantes Stück», sagte Toppe schließlich. «Hätten Sie ein Textexemplar übrig? Ich würde es gern einmal lesen.»

Hermans sah ihn erstaunt an und schüttelte den Kopf. «Nein, leider nicht.»

«Sie können meines haben.» Sabine hielt ihm ihr Textbuch hin. «Ich kann es mir bei Katja kopieren.»

«Danke.» Toppe lächelte sie an.

«Hoffentlich steigen Sie da durch», meinte Stefan. «Dr. Hermans hat überall seine Randbemerkungen reingemalt.»

«Das kenne ich», antwortete Toppe und blätterte, wirklich viele Regieanweisungen.

«Ich schaue noch ein Weilchen zu, wenn es Ihnen recht ist.»

«Gern», erwiderte Hermans. «Dann lasst uns im zweiten Akt weitermachen. Edek kommt dazu. Komm, Christoph, beweg dich mal hoch.»

Toppe fröstelte, als er zu seinem Platz zurückging, es war kühl in der Aula.

Breitenegger hatte eine Stinklaune, als Toppe endlich ins Büro kam.

«Ich habe den ganzen Morgen diesen Aktenwust aufgearbeitet.»

«Und wo steckt Ackermann?»

«In irgendeinem Krankenhaus, nehme ich an.» Breitenegger stand auf und packte seine Pfeifenutensilien zusammen. «Mir brummt der Schädel. Ich mache mal eine Weile Rufbereitschaft von zu Hause aus. Sobald ich wieder fit bin, nehme ich mir dieses Fotoalbum vor.»

«Ist in Ordnung», erwiderte Toppe. «Wir sehen uns später.»

Breitenegger schlurfte hinaus.

Toppe zündete sich eine Zigarette an, nahm das Textbuch aus der Jackentasche – «Tango». Schauspiel in drei Akten von Stawomir Mrozek –, legte die Füße auf den Schreibtisch und fing an zu lesen. Eigenartigerweise hatte er überhaupt kein schlechtes Gewissen dabei.

Fünfzehn

Toppe hatte sich in der Kantine zwei Mettbrötchen und eine Cola besorgt.

Jetzt saß er da, blätterte in Landmanns Fotoalbum und rupfte seinen Bart. Merkwürdig, er hatte das Gefühl, dieses Gesicht auf dem Foto von einem Maiausflug schon einmal gesehen zu haben.

«Tach.» Van Appeldorn kam herein.

«Grüß dich», antwortete Toppe. «Was war mit Suerick?»

«Nichts, hat alles seine Ordnung mit seinem Adimed-1-Schuh.»

Auch van Appeldorn war nicht gerade glänzender Laune. «Wir hängen fest.»

«Das sehe ich nicht so», entgegnete Toppe. «Immerhin haben wir die beiden Abdrücke von einem Adimed 2 in Größe 42 und von einer durchgehenden Gummisohle, Größe 44.»

«Und was hilft uns das?», gab van Appeldorn mürrisch zurück. «Komm, lass uns mit den Befragungen der anderen Schuhträger anfangen.» Neugierig beugte er sich über Toppes Tisch. «Was hast du denn da?»

«Nichts», antwortete Toppe und ließ das Textbuch in der Schublade verschwinden. «Ich war heute Morgen kurz bei der Theaterprobe.»

«Ach was?» Van Appeldorn verzog keine Miene. «Meinst du, wir sollen die einbestellen?»

«Wen?», fragte Toppe irritiert.

«Die Schuhträger.»

«Nein, besser, wir beide klappern die der Reihe nach ab. Mit etwas Glück sind wir bis morgen Abend durch.»

«Wie du meinst», fügte sich van Appeldorn. «Schieb mal das Telefon rüber.»

Während van Appeldorn die Termine mit den Leuten absprach, brütete Toppe vor sich hin.

Am liebsten hätte er sich jetzt um Landmanns Freunde von früher gekümmert, aber das musste warten.

Wenn man doch ein paar Leute mehr hätte … Und wo steckte Ackermann?

Er seufzte, erst einmal die Zeugenbefragungen.

Breitenegger kehrte ins Büro zurück und war immer noch schlecht gelaunt, aber untätig war er nicht. Er telefonierte mit Frau Landmann und fand heraus, zu welchem Verbindungsbruder Landmann noch den engsten Kontakt gehabt hatte. Es handelte sich um einen Dr. Joachim Theissen in Stuttgart, genannt «Catull». Auch mit ihm hatte Breitenegger gesprochen. Ein hilfsbereiter Mann, der gern die anderen Verbindungsbrüder identifizierte, wenn man ihm die entsprechenden Fotos zukommen ließe.

Ackermann tauchte auch am Sonntag nicht im Büro auf, sorgte aber dafür, dass man ihn nicht vergaß. Er rief regelmäßig an, um mitzuteilen, dass er am Ball bliebe, wie er sich ausdrückte.

Toppe verschwendete nicht einen einzigen Gedanken an Olivers Kommunion.

Der SV Siegfried Materborn musste beim Schlagerspiel gegen die SG Hasselt zähneknirschend, aber verständnisvoll – schließlich wusste ganz Kleve, worum es ging – auf seinen Stürmerstar verzichten.

Am Sonntagabend saßen sie wieder im Büro. Toppe und van Appeldorn sichtlich müde und frustriert, Breitenegger grimmig.

«Dr. Stein hat dreimal angerufen», las er aus seinen Notizen vor. «Er will morgen an der Besprechung teilnehmen. Der Chef hat sich auch gemeldet, allerdings nur einmal. Dafür aber die NRZ dreimal, die RP viermal, einmal die Niederrhein Nachrichten und zweimal das Klever Wochenblatt. Man wünscht Ergebnisse der Zeitungsaktion und überhaupt. Außerdem hat dein Busenfreund angerufen, Helmut, von deinem Lieblingsblatt, er kommt morgen früh. Wagner heißt der übrigens. Dann waren da noch sieben Anrufe von Adimed-Ackermann. Bis jetzt. Ich soll euch sagen: Er bleibt am Ball.»

Toppe war nicht zum Lachen zumute. Sie hatten zwei lange Tage hinter sich, van Appeldorn und er, und alle Personen von der Schuhliste befragt. Frau Otterbecks «Frankfurter Kranz» und ihr «Bees» heute zum Schluss waren fast zu viel gewesen – es reichte.

Alle Zeugen waren glaubwürdig gewesen. Keiner von ihnen hatte je in seinem Leben mit Landmann zu tun gehabt, ja nicht einmal von dessen Existenz gewusst.

Jetzt ging es ans Protokollieren der Aussagen, und für morgen hatten sie alle einbestellt, damit sie die Protokolle lesen und unterschreiben konnten.

Aber wenigstens Breitenegger konnte für heute Schluss machen.

Toppe gab sich einen Ruck. «Also gut, Pressekonferenz morgen um 15 Uhr, Teambesprechung um acht, mit allen. Stein rufe ich selbst an. Kannst du Ackermann irgendwo erreichen, Günther?»

«Ich rufe seine Frau an.»

Der Montagmorgen bescherte ihnen einen strahlenden Ackermann.

Mit geheimnisvoll blitzenden Augen betrat er das Büro und schaffte es, dass Toppe, van Appeldorn, Breitenegger und van Gemmern ihm gespannt entgegenblickten. Es war erst zehn vor acht. Berns und Stein waren noch nicht da.

«Dies hier ist nun die Liste», sprach Ackermann. Toppe fragte sich, wie lange er wohl an diesem Satz gefeilt haben mochte, und nahm zwei dichtbeschriebene Blätter entgegen.

«Aber», ergriff Ackermann erneut das Wort und legte eine Kunstpause ein, «jetz' kommt der Knaller: Et gibt zwei Sorten von Adimed!» Er schaute beifallheischend in die Runde.

«Natürlich», warf van Appeldorn müde ein, «Adimed 1 und Adimed 2.»

Ackermann starrte ihn sprachlos an.

«Hast du die wenigstens getrennt aufgelistet?», fragte van Appeldorn mitleidlos.

Ackermann schluckte schwer, Breitenegger grinste, van Gemmern sah aus dem Fenster, und Toppe schaute auf die Liste. «Hat er», antwortete er dann und stieß einen Pfiff aus. «Das sind ja gar nicht so viele, Mensch! Wartet mal, es sind nur zwölf Leute mit Adimed-2-Schuhen. Sehr gut.»

Van Appeldorn richtete sich auf. «Ich nehme an, du hast die niedergelassenen Ärzte auch überprüft, Ackermann.»

«Wat?» Ackermann blickte hektisch von einem zum anderen.

Toppe rupfte sich ein Barthaar aus, betrachtete es eingehend und wartete.

«Die niedergelassenen Ärzte», wiederholte van Appeldorn. «Orthopäden, Chirurgen, sogar Praktiker, wie ich höre, sie alle verschreiben diese Schuhe. Suerick, zum Beispiel, hat sein Rezept von Dr. Maasmann.»

Ackermann ließ sich auf den nächsten Stuhl fallen, er war blass.

«Das wusste ich auch noch nicht, Norbert», sagte Toppe und betrachtete weiter sein Barthaar. Van Appeldorn warf ihm einen Blick zu und tippte auf einen Bericht, der vor ihm lag. «Ich weiß das auch erst seit zwei Tagen. Ich bin nur bis eben nicht dazu gekommen, meinen Bericht zu schreiben.»

Toppe räusperte sich und ließ sein Barthaar fallen. Langsam trudelte es auf das PVC.

«Es tut mir wirklich leid, Herr Ackermann, aber nach der Besprechung müssen Sie wohl noch einmal los und sich bei den Niedergelassenen erkundigen.»

«Mann, oh Mann», murmelte Ackermann, der als Einziger wusste, was das bedeutete, aber er nickte tapfer.

«Vielleicht kann man ja einige schon telefonisch ausschließen», schlug Breitenegger gutmütig vor.

«Jau, dat is' 'ne Idee, dat mach ich.» Ackermann sprang auf.

Er hatte seine Fassung wiedergefunden.

«Erst nach der Teambesprechung», ordnete Toppe an. «Und am besten zu zweit. Norbert?»

«Wenn du meinst, sicher. Und was hast du dir vorgenommen?»

«Ich werde herausfinden, wer die Männer in Landmanns Album sind.»

«Übrigens, Chef», Ackermann nestelte an seiner Gesäßtasche und zog ein vierfach gefaltetes, kariertes Blatt hervor, «meine Spesenabrechnung, von wegen gefahrene Kilometer die letzten Tage.»

Toppe nahm den Zettel an sich, faltete ihn auseinander und wollte ihn achtlos in seinen Korb legen, als sein Blick auf die rot unterstrichene Zahl fiel.

«Was?», rief er, «568 km! Das ist doch nicht möglich!»

Ackermann versteckte seine Hände zwischen den Knien und rutschte auf dem Stuhl hin und her. «Aber Norbert hat doch gesagt, ich soll immer ers' ma' 'n Termin machen, un' wenn ich niemand erwisch zum nächsten Krankenhaus …»

Van Appeldorn feixte.

Dr. Stein fand die bisherigen Ergebnisse erstaunlicherweise «durchaus zufriedenstellend».

Einmal mehr glänzte er auf der Pressekonferenz, und Toppe, der einsilbig geblieben war, hatte festgestellt, dass Stein solche Situationen wirklich genoss.

Ackermann und van Appeldorn waren schon unterwegs, und er wollte jetzt endlich sehen, was sich aus dem Fotoalbum ergab.

«Fahr doch mal zur Leitstelle», schlug Breitenegger vor. «Wozu haben wir schließlich diesen Riesencomputer?»

Und so machte Toppe zum ersten Mal in seinem Leben Erfahrung mit dem Computerwesen.

Der stets hilfsbereite van Berkel versuchte ihm zu erklären, dass ein PC das Telefon so gut wie überflüssig machen konnte und welche unendlichen Möglichkeiten er bot. Toppe ließ geduldig alle Erklärungen über sich ergehen und telefonierte dann mit einem Stuttgarter Kollegen, um ihn um Amtshilfe zu bitten. Der sollte mit den Fotos zu diesem Dr. Joachim Theissen gehen und ihn befragen. Der Kollege schien wenig begeistert, aber das konnte Toppe ihm nicht verdenken.

Van Berkel «faxte» diverse Fotos nach Stuttgart. Toppe fand die Vokabel immer noch ziemlich seltsam, wenn auch die Einrichtung an sich durchaus sinnvoll war.

Dann konnte er nur noch abwarten.

Das Ergebnis aus Stuttgart kam schon nach vier Stunden. Es zog weitere Faxereien kreuz und quer durch die Bundesrepublik nach sich und etliche Telefongespräche, bei denen er stets dieselbe Geschichte erzählen musste.

Den ganzen Tag pendelte er zwischen dem Präsidium und der Flutstraße hin und her.

«Hast du auch nach den Spitznamen fragen lassen?», wollte Breitenegger wissen.

«Ja, natürlich», antwortete Toppe unwirsch.

Dies war der Fall der Listen. Wo man auch ansetzte: Kolonnen von Namen. Es war zum Verrücktwerden!

Am Mittwoch gegen neun Uhr abends hatten van Appeldorn und Ackermann endlich die Liste aller Verordnungen von Adimed-2-Schuhen zusammengetragen.

Toppe wartete noch auf einen Rückruf und ein Telefax aus Hannover, aber daraus würde wohl heute nichts mehr werden.

Jede Spur, die sie entdeckten, führte in die Breite. Jeder kleine Anhaltspunkt, jeder Ansatz führte zu neuen Überprüfungen einer Unzahl von Menschen.

An diesem Abend fragten sich alle, ob sie sich nicht hoffnungslos verrannt hatten.

Sechzehn

Der 1. September war ein Donnerstag.

Um acht Uhr saßen sie alle still im Büro und sammelten Kraft für die Befragung von achtundzwanzig Adimed-Schuhträgern.

Van Appeldorn las die Liste durch und überlegte, dass man sie wohl am besten nach Stadtgebieten unterteilen sollte.

Toppe stand am Fenster und schaute hinaus. Sein Bart war merklich gelichtet.

«Was haben wir?», fragte er sich. Sie wussten, dass Landmann ein unsympathischer Zeitgenosse gewesen war, den keiner so recht zu mögen schien, vielleicht nicht einmal seine Familie. Echte Trauer hatte er weder bei der Frau noch bei der Tochter ausmachen können, sie schienen einfach ihr Leben weiterzuleben.

Der 1. September begann genauso wie die beiden Tage zuvor. Immer noch regnete es, immer noch trat man auf der Stelle. Man durchforstete Listen, lief sich die Beine aus dem Leib, hatte einen stetig wachsenden Berg von Routinearbeit vor sich und keine blasse Ahnung, ob die überhaupt zu dem gewünschten Ergebnis führen würde.

Die Wende kam fast unbemerkt, aber sie sollte Toppes Grübeleien endlich auf die richtige Spur führen.

Um 9 Uhr 30 klopfte es leise an der Tür. Toppe schreckte jäh aus seinen Gedanken.

«Herein!», rief er irritiert.

Es war Astrid Steendijk, die neue Praktikantin.

«Guten Morgen», grüßte sie frisch. «Ich bin Astrid Steendijk und Ihrer Abteilung als Praktikantin zugeteilt worden. Sind Sie Herr Toppe?» Mit ausgestreckter Hand kam sie auf ihn zu.

Toppe erhob sich schnell. «Der bin ich», antwortete er. Sie hatte einen angenehm festen Händedruck.

Sie trug Jeans und ein enges weißes T-Shirt, darüber ein lavendelblaues Leinenjackett. Ihr dunkles Haar fiel offen über die Schultern. Wie alt mochte sie sein? Dreiundzwanzig oder vierundzwanzig vielleicht. Toppe fand sie immer noch sehr attraktiv.

«Tja, was machen wir denn jetzt mit Ihnen?», meinte er, um Leichtigkeit bemüht. «Wenn ich Ihnen erst einmal meine Kollegen vorstellen darf.»

Er stellte Beitenegger vor, van Appeldorn sagte: «Wir kennen uns ja schon», aber auch er gab ihr die Hand. Ackermann hatte es die Sprache verschlagen.

«Und dies ist Herr Ackermann», beendete Toppe die Vorstellung. «Er arbeitet nur zeitweise bei uns.»

«Mann, oh Mann», rief Ackermann, «dat sind ja tolle Aussichten! Endlich ma' 'ne Frau in unsere Männerwirtschaft, un' dann noch so 'ne Sahneschnitte.»

«Setz dich, Ackermann», sagte van Appeldorn, und Ackermann setzte sich.

Astrid Steendijk versuchte, ihre Miene unter Kontrolle zu bringen.

«Tja», meinte Toppe wieder, «setzen Sie sich doch erst einmal.»

Sie setzte sich und schlug die Beine übereinander.

«Wie Sie wahrscheinlich wissen, arbeiten wir am Mordfall Landmann.»

«Ja, ich habe die Sache bis jetzt in der Presse verfolgt und weiß im Groben, worum es geht.»

«Das ist gut», nickte Toppe. «Vielleicht könnten Sie sich zunächst einmal in die Akten einlesen.»

«Das wird das Beste sein», bestätigte Breitenegger. «Ich bin Ihnen da gern behilflich. Die anderen Herren werden heute keine Zeit dazu haben.»

Van Appeldorn gab einen undefinierbaren Laut von sich, und Breitenegger sah ihn betont unschuldig an.

«Ich kannte den Toten übrigens», bemerkte Astrid Steendik.

«Ach ja?» Toppe stand auf und lehnte sich gegen die Fensterbank. «Wie gut kannten Sie ihn denn?»

«Nun ja, nicht besonders gut, halt vom Tennis her. Mit meinem Vater haben Sie ja schon gesprochen. Ich spiele auch Tennis, früher sehr viel, heute nur noch manchmal. Landmann habe ich öfter mal im Club gesehen. Man hat sich gegrüßt, mehr eigentlich nicht. Ich fand ihn immer ziemlich zugeknöpft und unfreundlich.» Sie zögerte. «Vor ein paar Wochen fand im Club das alljährliche Sommerfest statt, und da saß ich zufällig Landmann gegenüber und habe mitbekommen, was der so geredet hat. Also, das war irgendwie komisch ...»

Sie redete nicht weiter, überlegte. Toppe störte sie nicht.

Sie sah zu ihm auf. «Ich versuche gerade, das noch irgendwie zusammenzukriegen. Also, es ging allgemein wohl um Drogenprobleme an unseren Schulen und ob die eigenen Kinder auch davon betroffen wären. Die meisten, die sich darüber unterhielten, haben Kinder um die fünfzehn, sechzehn, Landmann auch, glaube ich. Und da kam die Frage auf, ob die Lehrer nicht auch eine gewisse Fürsorgepflicht hätten. Landmann hatte sich eigentlich gar nicht so sehr an dem Gespräch beteiligt, aber dann sagte er irgendwas von der Moral der Lehrer, die ja wohl kaum vorbildlich wäre, und irgendetwas von Geschichten mit Abhängigen.»

Toppe schluckte und sammelte sich.

«Das war doch ein ziemlich plötzlicher Themenwechsel, würde ich sagen. Wie hat man darauf reagiert?»

«Ich weiß nicht, ich habe das selbst erst gar nicht gerafft, und den anderen ist das genauso gegangen, glaube ich. Landmann war irgendwie komisch, und er wurde auf einmal auch ziemlich laut.» Sie strich sich das Haar aus der Stirn. «Da war so eine Gesprächspause, wissen Sie, und in diese hinein sagte Landmann so was Ähnliches wie: Damit wäre er noch nicht fertig. Irgendwie war das alles sehr merkwürdig.» Sie brach ab und schaute Toppe an. «Ich weiß nicht, wie ich es anders beschreiben soll. Es war eben eine auffällige Situation.»

Toppe nickte. «Wann war denn dieses Sommerfest?»

«Oh, weiß ich gar nicht mehr so aus dem Kopf. Warten Sie mal ...» Sie kramte in ihrer Handtasche, holte einen kleinen Taschenkalender heraus und blätterte bis zum Juli zurück.

«Hier, am 11. Juli, das war ein Samstag.»

«Wie wäre es, wenn wir die ganze Geschichte mal zu Protokoll nähmen?», schlug Breitenegger vor.

«Ja», überlegte Toppe, «vielleicht brauchen wir diese Aussage irgendwann einmal. Mach du das, Günther, wir müssen endlich los wegen der Schuhe. Ich schlage vor, ich übernehme die Unterstadt, Donsbrüggen und Nütterden. Da ist wenigstens schon mal einer dabei, den ich kenne.»

«Ach was», bemerkte van Appeldorn. «Es gibt hier tatsächlich schon Leute, die du kennst? Sieh mal an. Wen denn?»

«Dr. Hermans. Das ist der Lehrer, der die Theater-AG leitet.»

«Wat für 'ne Theater-AG?», fragte Ackermann.

«Die, in der Sabine Landmann mitmacht und wo Helmut so gern mal zuschaut», frotzelte van Appeldorn.

«Ich war erst einmal dort», verteidigte Toppe sich.

Van Appeldorn lächelte ihm freundlich zu, griff nach seiner Lederjacke und schnappte sich die Liste. «Ich übernehme das restliche Stadtgebiet.» Damit war er schon zur Tür heraus.

«Aber ... aber», stammelte Ackermann, «dann würd für mich ja Kranenburg bleiben un' Hau, un' Pfalzdorf ... meine Fresse!»

«Das ist wirklich eine Menge Fahrerei, Ackermann, aber leider nicht zu ändern», erwiderte Breitenegger beschwichtigend.

«Dat mir dann bloß nachher nich' wieder einer kommt von wegen zu viele Kilometer», maulte Ackermann vor sich hin.

Toppe legte ihm im Hinausgehen die Hand auf die gebeugten Schultern. «Wenn Norbert und ich durch sind, dann teilen wir Ihren Rest unter uns neu auf, okay?»

Er drehte sich noch einmal um. «Wir sehen uns später noch, Frau Steendijk. Sie haben ja erst einmal genug Arbeit mit den Akten, nicht wahr? Also, tschüss erst mal.»

«Tschüss, Herr Toppe!» Sie lächelte und wandte sich Breitenegger zu. «Dann weisen Sie mich mal ein.»

Im Auto wartete Toppe, bis Ackermann abgefahren war, und nahm dann seinen Stadtplan aus dem Handschuhfach. Dr. Hermans wohnte in der Kämpstraße in Donsbrüggen. Toppe hatte nicht den leisesten Schimmer, wo das war.

Als er von der Bundesstraße abbog, fiel ihm ein, dass er Hermans vermutlich zu Hause gar nicht antreffen würde, der war um diese Zeit sicher in der Schule. Wieso hatte er nicht früher daran gedacht? Zu blöde. Aber vielleicht hatte Hermans die Schuhe ja auch zu Hause, und Toppe konnte sie zur Überprüfung mitnehmen. Außerdem war er neugierig, wie immer.

Hermans' Haus lag am Ende der Kämpstraße, ein

anderthalbgeschossiger neuer Klinkerbau mit Reetdach. Sehr ansprechend, dachte Toppe, nicht billig das Haus – allein nur das Dach. Mittlerweile kannte er sich mit den Preisen beim Hausbau ganz gut aus.

Er schloss den Wagen ab, ging die drei mit Schiefer belegten Stufen zur Tür hoch und klingelte.

Einen Moment war alles still, dann hörte er eine Frauenstimme. «Moment! Ich komme gleich.»

Kurz danach wurde die Tür geöffnet. Eine Frau von Mitte dreißig, klein, mit kurzen hellen Haaren, sah ihn freundlich fragend an. Sie trocknete sich die Hände an einem karierten Küchenhandtuch ab. «Entschuldigen Sie bitte, ich hatte die Hände voller Brotteig. Ja?»

«Guten Tag. Mein Name ist Toppe, ich komme von der Kripo Kleve. Sind Sie Frau Hermans?»

Ihre lebhaften Augen verdunkelten sich, und sie zog die Brauen fragend zusammen.

Sie war schwanger. Mindestens siebter Monat, dachte Toppe.

«Ja, bin ich. Was gibt es denn?»

«Wir ermitteln in einem Mordfall, in dessen Zusammenhang wir alle Leute überprüfen, die innerhalb des letzten Jahres einen Adimed-Schuh verschrieben bekommen haben.»

«Ach, die Geschichte», antwortete sie. «Davon habe ich in der Zeitung gelesen. Der Richter. Seine Tochter ist eine Schülerin meines Mannes.»

«Ja, ich weiß. Ihr Mann ...»

«Dürfte ich wohl Ihren Ausweis sehen», unterbrach sie ihn, lächelte dabei aber entschuldigend.

«Ja, natürlich.» Toppe suchte in seinen Jackentaschen, fand endlich seinen Ausweis und reichte ihn ihr.

Sie warf einen kurzen Blick darauf und nickte. «Sie haben recht, auch mein Mann trägt zurzeit Adimed-Schuhe. Aber wenn Sie sich die Schuhe ansehen wollen, dann müssen Sie schon zur Schule fahren. Er hat sie nämlich an.»

«Das hätte ich mir wohl denken können», meinte Toppe ein bisschen zerknirscht.

«Nun ja, eigentlich schon», antwortete sie nachsichtig lächelnd. «Es ist ja der Sinn dieser Schuhe, dass man sie immer trägt. Sonst nützen sie nämlich nichts.»

Toppe nickte und ging die Stufen hinab. «Dann werde ich zur Schule fahren. Vielen Dank, Frau Hermans.»

«Nichts zu danken. Wenn Sie sich beeilen, kommen Sie gerade rechtzeitig zur großen Pause.»

Zu dumm, die Schule lag in der Oberstadt. Die nächsten beiden Personen auf seiner Schuhliste wohnten in der Spyckstraße und am Opschlag, also in der Unterstadt. Beides waren Männer und wahrscheinlich um diese Zeit gar nicht zu Hause.

Also, erst einmal zur Schule und das Kapitel Hermans abschließen.

Toppe fragte im Sekretariat nach dem Lehrer. Doch, der müsse eigentlich im Lehrerzimmer sein, wenn er einen Moment warten wolle, man würde nachsehen.

Toppe schlenderte in die Pausenhalle. Hier sah alles nach den frühen sechziger Jahren aus, und es roch auch so, nach gebohnertem Linoleum.

Die Aula war viel hübscher, sie musste neueren Datums sein.

Hermans kam über den Flur direkt auf ihn zu. Er blickte ernst, fast ein wenig ungehalten, aber dann schien ihm einzufallen, wen er da vor sich hatte.

«Herr Toppe, nicht wahr? Was kann ich für Sie tun?»

Im Halbdunkel der Aula hatte Toppe sich kaum ein Bild von Hermans machen können. Er war mehr als einen Kopf kleiner als Toppe, dünn und drahtig. Sein Haar lichtete sich an der Stirn und war so kurz geschoren, dass man die Kopfhaut hindurchschimmern sah. Er hatte sehr dunkle, ernste Augen und scharfe Gesichtszüge. Harald Norpoth, dachte Toppe unwillkürlich, Langstreckenläufer.

«Sie wissen ja, dass wir im Mordfall Landmann ermitteln», begann Toppe.

Hermans nickte nur und schaute Toppe offen ins Gesicht.

«Und in diesem Zusammenhang überprüfen wir alle Leute, denen in letzter Zeit ein Adimed-2-Schuh verordnet wurde», erläuterte Toppe.

«Ach, jetzt verstehe ich.» Hermans sah auf seine Füße und zeigte auf seine klobigen weißen Turnschuhe. «Ich trage Adimed-Schuhe, aber das sind keine Adimed 2.»

Toppe blickte erstaunt, sagte aber nichts.

«Ja», begann Hermans wieder. «Im Juli habe ich Adimed-2-Schuhe verschrieben bekommen, von Dr. Brückers, und sie dann ständig getragen, wegen des Außenbandes. Aber vor zwei oder drei Wochen habe ich mir neue gekauft. Diese hier.» Er zeigte wieder auf seine Schuhe. «Wissen Sie, ich laufe jeden Tag mindestens zehn Kilometer, und zwar bei jedem Wetter. Da können Sie sich wohl vorstellen, wie die Schuhe nach kurzer Zeit aussehen, wenn man sie nie wechseln kann. Ich brauchte neue, und die Adimed 2 waren mir einfach zu teuer. Also habe ich mir die Adimed 1 gekauft. Die sind, wie man mir gesagt hat, genauso gut.»

«Ist das so?», fragte Toppe. «Hätten Sie sich denn keine neuen Adimed 2 verschreiben lassen können?»

«Ich glaube kaum, dass meine Krankenkasse das bezahlt hätte.»

«Und was haben Sie mit den anderen Schuhen gemacht?»

«Na, weggeworfen», antwortete Hermans erstaunt, «in den Mülleimer.»

«Schade.» Toppe holte sein Notizbuch aus der Tasche. «Wann genau haben Sie denn die Schuhe weggeworfen und sich neue gekauft?»

«Oh.» Hermans legte zwei Finger an die Schläfe. «Das weiß ich nicht auf den Tag genau. Aber ich glaube, es war so gegen Ende der Ferien … ja, das könnte stimmen.»

Toppe notierte das, er würde später nachschauen, wann die Ferien genau geendet hatten, in den letzten Augusttagen, das wusste er wohl.

«War das am selben Tag?», fragte er.

«Was meinen Sie?», erwiderte Hermans verwirrt und schaute auf seine Uhr.

«Das Wegwerfen und der Einkauf der neuen Schuhe?»

Hermans war sichtlich um Geduld bemüht. «Ja, ich

habe mir zuerst die neuen Schuhe gekauft und dann die alten weggeworfen, denn sehen Sie, der Schuh ist nur sinnvoll, wenn man ihn immer trägt. Ich habe seit Juli keinen anderen Schuh mehr getragen.»

Toppe hakte etwas in seinem Notizbuch ab und schaute dann wieder auf. «Kannten Sie Herrn Landmann eigentlich persönlich?»

«Natürlich, er war doch der Vater einer meiner Schülerinnen. Und er war immer sehr interessiert am Werdegang seiner Tochter.»

Sie unterhielten sich noch ein wenig über das Theaterstück. Toppe fühlte sich, nachdem er das Stück gelesen hatte, in diesem Gespräch wesentlich sicherer.

Die Aufführung würde schon früher sein, als Toppe gedacht hatte, am 11. September hier in der Aula um 20 Uhr 15. Toppe versprach zu kommen. Noch einmal schlug er sein Notizbuch auf. «11. 9. Tango in der Aula», schrieb er auf.

Bei den nächsten Leuten auf seiner Liste hatte er weniger Glück. Die beiden Männer waren auf der Arbeit, und deren Frauen schlugen vor, es später noch einmal zu versuchen, bei Werner Reuters, einem kaufmännischen Angestellten, nach 17 Uhr 30 und bei Heiner Walterfang sogar erst am Freitag nach 20 Uhr. Der Mann war Fernfahrer und vorher nicht in Kleve.

Es war schon nach eins, und Toppe beschloss, im Büro vorbeizuschauen, ob von den anderen schon etwas vorlag, und um in der Kantine etwas zu essen. Danach würde er sich die nächste Person auf seiner Liste vornehmen, eine Frau diesmal – hoffentlich eine Hausfrau.

Breitenegger und Steendijk saßen einträchtig nebeneinander am Schreibtisch, vor sich mehrere Aktenstapel. Als Toppe die Tür öffnete, nahm Breitenegger seine Pfeife aus dem Mund und schaute ihn bedeutungsvoll an. «Setz dich, Helmut.»

«Was ist denn?» Toppe blieb stehen.

«Ich weiß, wer Che ist!» Breitenegger ließ den Satz eine wohldosierte Weile wirken.

«Hannover hat sich gemeldet. Die Liste der Verbindungsmitglieder wäre nunmehr komplett.»

Er reichte Toppe eine Namensliste.

Den zweiten Namen von unten hatte Breitenegger grün unterstrichen. Dort stand:

Dr. Peter Hermans, geboren am 4.9.43 in Kleve, wohnhaft Kämpstraße 37 in Kleve-Donsbrüggen. Genannt «Hermann, der Cherusker», später abgekürzt «Che». 1969 aus der Verbindung ausgetreten.

Toppe ließ sich auf den nächsten Stuhl fallen.

«Das gibt es doch gar nicht», sagte er tonlos. «Mein Gott, sicher, das Gesicht auf dem Foto ...»

«Ich hatte dir gesagt, du sollst dich setzen.»

Siebzehn

«Was natürlich überhaupt nichts heißen muss», sagte Toppe, bemüht, seine Aufregung zu kontrollieren.

Er hatte Breitenegger und Astrid gerade erzählt, dass Hermans seine Adimed-Schuhe nicht mehr hatte.

«Aber merkwürdig ist das schon», überlegte Breitenegger. «Auf jeden Fall müssen wir herausfinden, warum Landmann ihn für den Mordtag in seinem Kalender eingetragen hatte.»

«Und zwar sofort.» Toppe griff zum Telefonbuch. «Ich werde ihn vorladen. Inzwischen müsste er ja wohl zu Hause sein.»

Das Telefon klingelte nur zweimal, dann war Hermans gleich selbst am Apparat.

«Ja, Herr Dr. Hermans? Hier ist noch mal Toppe, Kripo Kleve. Ja … Wir hätten da noch ein paar Fragen an Sie. Würden Sie wohl heute Nachmittag bei uns reinschauen? … Nein, heute wäre uns schon lieber. Ja … Ja, gut, um 17 Uhr … Vielen Dank. Auf Wiedersehen.»

Er legte auf. «Begeistert war der nicht gerade, aber er kommt.»

Breitenegger brummelte irgendetwas.

Toppe schrieb das Protokoll seines Gesprächs mit

Hermans vom Vormittag, er konnte es sich dann gleich unterschreiben lassen, wenn Hermans schon mal da war.

Danach wanderte er unruhig im Büro hin und her, von der Fensterbank zum Schreibtisch, vom Schreibtisch zur Fensterbank. Ab und zu rupfte er an seinem Bart.

Nach einer Weile reichte es Breitenegger. «Hör auf damit, Helmut. Dadurch vergeht die Zeit auch nicht schneller. Und lass endlich deinen Bart in Ruhe, der sieht schon schrecklich genug aus.»

«Was?» Toppe schaute durch ihn hindurch. «Ach so, ja.»

Astrid Steendijk hatte in den Akten gelesen. Ab und zu stellte sie leise eine Frage, die Breitenegger bereitwillig beantwortete.

Jetzt sah sie sich die Fotos vom Tatort und von der Leiche an und schauderte.

«Tja, Mädchen», sagte Breitenegger väterlich, «sieht nicht schön aus, was? Hast du dir das auch gut überlegt mit diesem Beruf, hm? Was bringt eigentlich so jemanden wie dich zur Polizei?»

«Ich habe Hunger», fiel ihm Toppe ins Wort. «Bis gleich.» Damit war er schon zur Tür hinaus.

Astrid Steendijk blickte Breitenegger fragend an.

Der grinste. «Essen kann der immer.»

«Warum ist der denn nur so aufgedreht?»

«Ach, lass ihn mal, der nimmt Anlauf. Die Vernehmung gleich, die ist wichtig. Die muss richtig laufen, sonst kann man sich eine Menge verbauen.»

Gegen vier schaute van Appeldorn kurz herein. Er hatte dem Erkennungsdienst mehrere Paare Adimed-Schuhe gebracht und war auf dem Weg zu den letzten vier Leuten auf seiner Liste. Die Neuigkeiten nahm er gelassen hin, rang sich aber noch ein «Viel Erfolg, Helmut!» ab, ehe er wieder verschwand.

Toppe saß inzwischen an seinem Schreibtisch, mehrere große Blätter vor sich, schrieb und zeichnete Linien, malte Frage- und Ausrufungszeichen. Um Viertel vor fünf knüllte er alle Blätter zusammen und warf sie in den Papierkorb. Astrid verstand überhaupt nichts mehr.

Toppe musste lachen. «Ich führe Vernehmungen lieber ohne Spickzettel», erklärte er. «Dann sieht das alles mehr nach einem Gespräch aus.»

Hermans kam pünktlich, und Toppe ging ihm entgegen. «Herr Hermans, schön, dass Sie es einrichten konnten.»

Er führte ihn wieder auf den Flur hinaus. «Wir gehen in ein anderes Zimmer. Hier im Büro ist es zu unruhig. ... So, hier wären wir.»

Er öffnete die Tür zum Vernehmungsraum, Zimmer 112 stand an der Tür.

Es war ein kleiner Raum, ausgestattet mit einem quadratischen Tisch und zwei Stühlen. Auf der Fensterbank fristete ein Usambaraveilchen sein trockenes Dasein. Auf dem Tisch standen ein Tonbandgerät und eine Schreibmaschine.

«Setzen Sie sich doch, Herr Hermans. Na, wie sind die Kulissen geworden?»

Hermans setzte sich ruhig hin, lehnte sich zurück und sah sich im Zimmer um. «Ganz gut eigentlich, bis auf ein paar Details. Aber wir haben ja zum Glück noch etwas Zeit.»

«Sind Sie einverstanden, wenn ich unser Gespräch auf Band aufnehme? Wissen Sie, sonst müsste ich die ganze Zeit mitschreiben, und das dauert dann viel länger.»

Hermans hob die Schultern. «Wenn Sie glauben, dass ich Ihnen irgendetwas Wichtiges sagen kann, bitte, von mir aus. Worum geht es denn eigentlich? Noch einmal um meine Adimed-Schuhe? Ich bin wirklich sicher, dass ich Ihnen da schon alles gesagt habe.»

«Auch um die Schuhe. Aber einen Moment, bitte», antwortete Toppe. Er schaltete das Tonbandgerät ein und sprach ins Mikrophon: «Donnerstag, 1. September 1988, 17 Uhr 06. Gespräch zwischen Hauptkommissar Toppe und Herrn Dr. Peter Hermans, geboren am 4.9.43, wohnhaft Kämpstraße 37 in Kleve-Donsbrüggen.» – «Stimmt das so, Herr Hermans?»

«Ja, ja», antwortete Hermans, «aber meine Güte, so förmlich?»

«Wir versuchen, uns ein Bild von Herrn Landmann zu machen. Sie haben ihn doch gekannt, nicht wahr? Würden Sie mir erzählen, woher Sie ihn kannten und inwiefern Sie mit ihm zu tun hatten?»

«Ach, darum geht es.» Hermans atmete aus. «Wo fange ich da an?» Er überlegte kurz und sagte dann: «Also kennen tu ich Arno Landmann schon sehr lange. Wenn man da von Kennen sprechen darf. Wir haben beide zur gleichen Zeit in Bonn studiert, und wir waren beide in derselben Verbindung, dadurch hatte ich mit ihm zu tun. Allerdings bin ich 1969 aus der Verbindung ausgetreten.»

Er machte eine Pause, schien wieder zu überlegen.

«Sie haben mir heute Morgen nichts davon gesagt, dass Sie Herrn Landmann schon so lange kannten», erinnerte Toppe ihn.

«Warum denn auch? Das ist so lange her. Ich konnte doch nicht wissen, dass das für Sie von Interesse ist.»

«Warum sind Sie aus der Verbindung ausgetreten?», fragte Toppe.

Hermans schlug die Beine übereinander. «Ach», antwortete er, «eigentlich schäme ich mich noch heute, dass ich überhaupt da eingetreten bin. Na, jedenfalls ist mir Ende der Sechziger aufgegangen, was das für eine reaktionäre Geschichte war.»

Er sah Toppe offen ins Gesicht. Toppe lächelte. «Klar, kann ich mir gut vorstellen.»

Es entstand eine Pause, aber Toppe wartete, bis Hermans seinen Faden wieder aufnahm. «Den Verbindungsbrüdern konnte ich mit meinen politischen Ideen nicht kommen, und da bin ich dann ganz schnell ausgestiegen. Tja, und dann ... Arno habe ich erst wiedergetroffen, als ich Sabines Klassenlehrer wurde. Ich hatte gar nicht gewusst, dass er wieder am Niederrhein war.»

Er sagte nichts mehr, sah Toppe fragend an.

«Seit wann sind Sie Sabines Klassenlehrer?»

«Oh, schon drei Jahre», antwortete Hermans, ohne nachzudenken.

«Und als Sie sich beide wiedertrafen, haben Sie wieder privaten Kontakt aufgenommen?»

«Nein, überhaupt nicht. Wissen Sie, wir hatten niemals gemeinsame Interessen. Das Einzige, was wir damals in der Verbindung gemeinsam hatten, mal abgesehen vom Saufen, war, dass wir beide vom Niederrhein kamen. Und zeitweise haben wir damit auch regelrecht kokettiert, Schwanenburgkomplex und all das.»

Toppe verstand das nicht ganz, aber er wollte nicht nachhaken, er würde später van Appeldorn fragen.

Hermans betrachtete seine Hände. «Ein paarmal hat Arno mich wohl angerufen, aber das war's dann auch. Meistens ging es um Sabine.»

«Meistens?»

«Ja, manchmal hat er auch kurz von den alten Zeiten geredet und gefragt, ob ich nicht doch mal mitfahre zum Verbindungstreffen, aber das war mehr so nebenbei.»

«Wie oft haben Sie denn miteinander telefoniert?»

Hermans runzelte die Stirn. «Ist das wichtig?»

Toppe antwortete nicht.

«Also, so genau weiß ich das nicht. Unregelmäßig. Mal ging es um Sabines Deutschnote, mal um die Theater-AG, vielleicht zweimal um die Verbindung und die alten Zeiten. Aber ich hatte eigentlich nicht den Eindruck, dass er an einem wirklichen Kontakt interessiert war. Ich war es jedenfalls nicht ...»

Er zögerte. «Warten Sie mal», sagte er dann, «der letzte Anruf ist noch gar nicht so lange her ... muss schon im August gewesen sein. Da fragte er, wie die

Theater-AG so läuft und wie Sabine sich so macht. Das ist eigentlich nichts Besonderes, wissen Sie. Es ist oft so, dass Eltern versuchen, private Kontakte für ihre Kinder auszunutzen. Ich habe das gar nicht gern und bin da immer vorsichtig.»

«Ja, ich kann mir gut vorstellen, dass das so ist. Aber noch einmal zu der Verbindung. Landmann hatte also immer noch Kontakt zu den alten Brüdern.»

«Ja, sie treffen sich immer noch regelmäßig einmal im Jahr. Aber wie dicke die noch miteinander sind, weiß ich nicht. Vielleicht sollten Sie einen von den anderen mal fragen ...»

«Gute Idee», meinte Toppe und grinste plötzlich. «Sagen Sie mal», fragte er leiser, «ist es nicht so, dass jeder Verbindungsbruder einen Spitznamen hatte?»

«Stimmt, und die meisten davon waren ziemlich pubertär», gab Hermans zu.

«Wie wurde Landmann denn genannt?», fragte Toppe neugierig.

«Arno? Das weiß ich gar nicht mehr. War wohl belanglos.»

«Und Sie?»

«Ich? Herman, der Cherusker. Ziemlich phantasielos, nicht wahr? Später, als sie befanden, ich sei ein Roter, haben sie mich dann in Che umgetauft.»

«Wie hat Landmann Sie denn angesprochen?»

«Wann? Jetzt hier in Kleve?»

Toppe nickte.

«In der Öffentlichkeit hat er mich immer Peter genannt, aber wenn wir allein waren, am Telefon zum

Beispiel, da hat er dann noch immer Che gesagt. Aber warum wollen Sie das wissen?»

«Weil wir in Landmanns Taschenkalender unter dem Datum seines Todestages die Eintragung ‹Che› gefunden haben.»

Hermans stutzte einen Moment und kniff die Augen zusammen.

«Dann war der Anruf wohl an dem Tag», überlegte er dann.

«Che mit einem Fragezeichen», ergänzte Toppe.

Hermans zuckte die Achseln. «Verstehe ich nicht.»

«Haben Sie Landmann an dem Tag getroffen? Am Donnerstag, den 18. August.»

«Nein, mit Sicherheit nicht.»

«Hat er Sie an diesem Tag angerufen?»

«Das kann schon sein, ich weiß es nicht. Ich schreibe mir gewöhnlich nicht auf, wann mich welche Eltern anrufen.»

Er wirkte ungehalten, meinte dann aber: «Es war in den Ferien, das weiß ich wohl, und es muss so gegen Mittag gewesen sein, denn ich stand gerade in der Küche und machte mir Essen. Meine Frau war nämlich mit den Kindern in der Toskana.»

«Es waren Ferien, und Landmann wollte mit Ihnen über die Schule und Sabine reden?»

«Ja.»

«Kann es sein, dass Landmann Sie auch am 14. Juli angerufen hat?»

«Gibt es da auch eine Eintragung in seinem Kalender?»

Scheiße, dachte Toppe, Anfängerfehler. Er nickte.

«Im Juli ...» Hermans dachte nach. «Nein, ich glaube, nicht, aber ...» Es blitzte plötzlich in seinen dunklen Augen. «Warten Sie mal, irgendwann am Anfang der Ferien habe ich ihn in der Stadt getroffen, und wir haben zusammen einen Kaffee getrunken. Aber so etwas würde man ja wohl kaum im Kalender eintragen, oder?»

Toppe ging nicht darauf ein. «Wo haben Sie Kaffee getrunken?»

«Im Café Coenders.»

«Worüber haben Sie gesprochen?»

«Ach, nichts Großartiges. Was er so macht, was ich so mache. Nichts von Belang. Hat auch höchstens eine halbe Stunde gedauert. Er hatte noch eine Sitzung an dem Tag, und ich musste in der Stadtbücherei dringend ein paar Bücher abholen, die ich mir über die Fernleihe bestellt hatte.»

«Gut, überlegen Sie noch einmal genau. Fällt Ihnen noch irgendetwas ein, das uns weiterhelfen könnte? Hat Herr Landmann vielleicht Andeutungen gemacht, dass er in Schwierigkeiten steckte, wirkte er auffallend nervös oder einfach anders als sonst? Insbesondere interessiert uns natürlich das Telefongespräch am Todestag.»

Hermans überlegte nur kurz. «Nein, ich kann Ihnen sicher nicht weiterhelfen. Unsere Beziehung, falls man es überhaupt so nennen kann, war, wie gesagt, äußerst oberflächlich.»

«Versuchen Sie bitte trotzdem mal, sich an das Telefonat zu erinnern. Wie war denn der genaue Wortlaut?»

«Du meine Güte!» Hermans rieb sich die Augen. «Na gut, ich will es versuchen. Also, ich stand in der Küche und rührte in meinen Bratkartoffeln, als das Telefon klingelte. Ich nahm ab, und Landmann sagte: ‹Hallo Che, hier ist Arno. Wie geht's?› – ‹Gut›, antwortete ich, ‹was gibt's denn?› – ‹Nichts Besonderes eigentlich. Ich wollte nur mal hören, wie Sabine sich so macht in deiner Theatergruppe.› Und ich antwortete irgendwas wie ‹Gar nicht so schlecht›. Dann fragte er noch, ob sich eine gute Mitarbeit in der Theater-AG nicht auch in der Deutschnote niederschlagen würde. Das musste ich verneinen. Wissen Sie, Sabine hat kleinere Schwierigkeiten in Deutsch. Und dann haben wir das Gespräch auch schon beendet. Ich war die ganze Zeit recht kurz ab, muss ich zugeben, ich hatte meine Kartoffeln auf dem Herd und außerdem noch eine Menge Arbeit. Das war alles. Wir haben uns dann nur noch verabschiedet.»

«Verreisen Sie in den Sommerferien nicht?»

«Doch, aber in diesem Jahr hat meine Familie allein Urlaub gemacht. Ich musste mich auf eine Prüfung vorbereiten.»

«Eine Prüfung?»

«Ja, für den Studiendirektor.»

«Ach so. Aber woher wusste Landmann, dass Sie zu Hause sein würden?»

«Keine Ahnung. Das heißt, es kann sein, dass ich es ihm erzählt habe, als wir uns in der Stadt getroffen haben.»

«Ja, ich verstehe. Gut», sagte Toppe und schaltete das Tonband ab. Er sah auf die Uhr.

«Das wäre alles, Herr Hermans.»

Hermans stand auf. Sie reichten sich die Hand.

«Wenn Ihnen doch noch etwas einfällt ...», begann Toppe.

»... melde ich mich selbstverständlich sofort bei Ihnen», beendete Hermans den Satz. «Aber ich bin mir fast sicher, dass mir nichts mehr einfällt. Auf Wiedersehen, Herr Toppe, spätestens bei der Aufführung.»

Dann ging er mit raschen Schritten den Gang entlang auf die Treppe zu.

Toppe kehrte ins Zimmer zurück, schaltete das Tonbandgerät wieder ein und nahm das Mikrophon in die Hand: «Ende der Vernehmung: 17 Uhr 32.» Er überlegte kurz und sagte schließlich: «Dr. Hermans machte einen äußerst konzentrierten Eindruck.»

Dann spulte er das Band zurück, nahm das Gerät unter den Arm und ging ins Büro.

Er hatte vergessen, Hermans das Protokoll vom Vormittag unterschreiben zu lassen.

Alle schienen auf ihn gewartet zu haben. Nur Ackermann war noch nicht da.

Wortlos setzte Toppe sich hin, schaltete das Tonband ein, lehnte sich zurück und schloss die Augen.

Als das Band abgelaufen war, war es Astrid Steendijk, die als Erste sprach. «Was heißt, er machte einen äußerst konzentrierten Eindruck?»

«Das heißt», seufzte Toppe, «dass ich überhaupt nicht einschätzen kann, ob er mir alles gesagt hat, was er weiß, oder ob er sogar das Blaue vom Himmel gelogen hat. Er war konzentriert, wachsam, angespannt, vorsichtig, aber ...» Er brach ab. «Ich weiß es wirklich nicht.»

Achtzehn

Bei der Teambesprechung am Freitagmorgen waren sie endlich wieder einmal vollzählig.

«Lassen Sie uns doch noch einmal die Fakten zusammenfassen», schlug der Staatsanwalt vor.

«Fakten!», schnaubte Toppe. «Da haben wir endlich diesen ominösen Che gefunden, und der nimmt uns allen Wind aus den Segeln mit seinen Erklärungen. Derselbe Mann hat seine Adimed-Schuhe nicht mehr. Übrigens der Einzige bis jetzt, dessen Abdrücke wir nicht nehmen konnten. Wie sollen wir dem beikommen? Verdammt! Norbert, gib mir mal das Telefonbuch rüber.»

Van Appeldorn schob ihm das Buch über den Schreibtisch.

«Wie viele Geschäfte in Kleve verkaufen Adimed-Schuhe?», fragte Toppe ihn.

«Ich würde es erst mal bei den beiden Sanitätshäusern versuchen, Himmelberg und Jaspers.»

«Nur zwei? Dann brauche ich nicht zu telefonieren, da fahre ich direkt hin.»

Van Gemmern meldete sich zu Wort: «Wir haben alle Abdrücke der Schuhe ausgewertet, die Sie uns bis jetzt hereingebracht haben. Es waren siebzehn Paare, und alle sind negativ.»

«Ja», antwortete Toppe nur. «Und ihr beide macht heute weiter?», fragte er van Appeldorn.

«Sicher, mit ein bisschen Glück können wir die bis heute Abend durchhaben, was, Ackermann?»

«Klar, Norbert, klar», nickte Ackermann zuversichtlich.

Dr. Stein erhob sich. «Und Sie bleiben bei diesem Lehrer am Ball, Herr Toppe. Das sieht mir recht vielversprechend aus, obwohl man sich natürlich täuschen kann. Halten Sie mich auf dem Laufenden, ja? Ich muss jetzt weg.»

Toppe versprach, ihn heute Abend noch anzurufen.

Auch van Gemmern machte sich wieder auf den Weg.

«Tschüss, bis bald», rief er von der Tür her.

«Tschüss», entgegnete Toppe verblüfft. Was war denn in den gefahren? So freundlich war der doch sonst nicht.

Aber ein Blick in Astrid Steendijks strahlendes Gesicht zeigte ihm, dass van Gemmerns Gruß gar nicht an seine Adresse gegangen war.

«Und was soll ich nun tun?», fragte sie schnell. Sie hatte die ganze Zeit nur zugehört.

«Sind Sie denn schon mit den Akten durch?», staunte Toppe, während er sich schon seine Jacke anzog.

«Ja, ich habe sie jetzt alle einmal gelesen.»

«Vielleicht haben Sie Lust, mit mir zu den Sanitätsgeschäften zu fahren?»

«Ja, gern», sagte sie und nahm ihre Schultertasche von der Stuhllehne.

Sie gingen hinunter zum Parkplatz.

«Wollen wir Ihren Wagen nehmen? Sie kennen sich bestimmt besser aus als ich. Sie sind doch aus Kleve, oder?»

«Ja, ich bin hier geboren. Gut, nehmen wir mein Auto.»

Sie ging auf einen funkelnagelneuen weißen Peugoet 205 GRD zu. Auf der Heckscheibe leuchtete ein Greenpeace-Regenbogen.

«Alle Achtung», bemerkte Toppe, «schicker Wagen. Neu?»

«Ja», nickte sie, und Toppe registrierte verwirrt, dass sie errötete, aber er hakte nicht weiter nach.

«Wohin fahren wir denn zuerst?», wollte er wissen, während er sich anschnallte.

«Himmelberg liegt mitten in der Stadt, da kann man so schlecht parken. Sollen wir zuerst zu Jaspers fahren?»

«Nur zu.»

Jaspers erwies sich als Glückstreffer.

Die Frau des Inhabers wusste noch gut, dass sie neulich erst ein Paar Adimed-1-Schuhe verkauft hatte. Und sie konnte sich ziemlich genau an den Kunden erinnern, denn er hatte zunächst lange Adimed-2-Schuhe anprobiert. Außerdem war es einfach ungewöhnlich, dass jemand ohne Rezept kam, um diese Schuhe zu kaufen.

«Können Sie den Mann beschreiben?», fragte Toppe.

«Kann ich. Er war so um die vierzig rum und 'n bissken kleiner wie Sie. Und er hatte so 'n kurzen Haarschnitt, sah irgendwie so aus wie ...»

«Ja?», ermunterte Toppe sie. «Sagen Sie es ruhig.»
«Na, so wie KZ.»

Toppe nickte. «Und an welchem Tag war das genau?», wollte er wissen.

«Da müsst ich ma' ebkes nachgucken. Einen Augenblick, bitte.»

Sie verließ den Verkaufsraum durch einen Veloursvorhang von unbestimmter Farbe.

«Das war am 19. August», rief sie, noch bevor sie wieder hinter dem Vorhang auftauchte.

«Aha.» Toppe warf Astrid einen zufriedenen Blick zu. «Dann vielen Dank, Frau Jaspers.»

«Oh, nix zu danken. Ich bin froh, wenn ich Sie helfen konnte.»

Toppe schluckte schwer und verabschiedete sich schnell.

«Manchmal muss man einfach mal Glück haben! Wir können gleich zurückfahren, Frau Steendijk.»

«Herr Toppe?»

«Ja.»

«Wollen Sie nicht lieber Astrid sagen? Frau Steendijk klingt so abgehoben.»

Toppe zögerte. Aber warum nicht? Schließlich konnte er fast ihr Vater sein.

«Okay, Astrid, dann fahren Sie uns mal wieder nach Kellen.»

Auf der Fahrt sprach Toppe kein Wort.

Landmann hatte stark geblutet. Es konnte durchaus sein, dass Blutspritzer auf der Kleidung des Täters zu finden waren, oder? Auf der Kleidung und an den Schuhen. Selbst abgewaschenes Blut konnte man nachweisen, und Hermans war nicht dumm, ganz im Gegenteil.

Konnten das wirklich alles nur Zufälle sein? Die Eintragung «Che» in Landmanns Kalender. Die neuen Schuhe direkt nach dem Mord.

Astrid unterbrach ihn nicht ein einziges Mal in seinen Gedanken.

«Gibt's was Neues?», fragte er Breitenegger.

«Nein, nichts für dich.»

«Was soll das denn heißen?»

«Na ja, für mich schon. Franz-Josef ist gebissen worden.»

«Schlimm?»

«Weiß ich noch nicht», antwortete Breitenegger bedrückt.

Astrid Steendijk schaute verwirrt von einem zum anderen.

«Franz-Josef ist sein Dackel», erklärte Toppe.

«Ach so, ich dachte schon, ich hätte etwas übersehen. Soll ich uns mal was zum Trinken holen?»

«Ja, das täte mir jetzt gut», antwortete Breitenegger. «Für mich bitte einen Kaffee.»

«Für mich auch, und zwei Käsebrötchen», fügte Toppe hinzu.

Als sie gegangen war, setzte Toppe sich auf seinen Lieblingsplatz, die Fensterbank.

«Weißt du, wann Hermans seine neuen Schuhe gekauft hat, Günther? Am 19. August.»

Breitenegger stieß einen Pfiff aus.

«Ja, genau das denke ich auch. Nur weißt du, selbst wenn er wirklich der Täter ist, wir haben überhaupt keine Beweise, keine Tatwaffe, keine Zeugen, nichts. Nicht einmal ein Motiv. Ich weiß wirklich nicht, wie ich da jetzt weiterkommen soll.»

Breitenegger stopfte seine Pfeife. «Ich habe mir das Band noch ein paarmal angehört. Es gibt tatsächlich keinerlei Beweise dafür, dass nicht alles so stimmt, wie er's sagt. Mal abgesehen davon, dass ich nicht verstehe, warum Landmann am 14. Juli ‹Che› in seinen Kalender eingetragen hat, wenn er nicht mit ihm verabredet war. Im ganzen Kalender gibt es ansonsten keine Hinweise darauf, dass Landmann den auch als so eine Art Tagebuch benutzt hat. Alles andere sind nur Termine, fast alle mit genauer Uhrzeit.»

«Ja, ich weiß. Pass auf, ich glaube, ich fahre mal zu diesem Café Coenders. Es ist zwar unwahrscheinlich, aber vielleicht erinnert sich ja doch jemand an die beiden Herren am 14. Juli.»

«Falls sie überhaupt in dem Café gewesen sind.»

Toppe seufzte.

«Wäre ein Foto nicht hilfreich?», fragte Breitenegger.

«Wäre hilfreich, aber wo soll ich eins hernehmen?»

Breitenegger reichte ihm die neue RP. «Nicht berauschend», meinte er, «aber besser als nichts, oder?»

Auf der ersten Seite des Lokalteils prangte ein dreispaltiges Foto der Leute von der Theater-AG mit der Ankündigung der Aufführung am 11. September. Hermans stand am linken Bildrand, deutlich zu erkennen.

Toppe nickte anerkennend. «Danke, Günther. Dann fahre ich erst mal zur Zeitung und hole mir das Originalfoto. Bis später.»

Er eilte auf den Flur hinaus und entging nur knapp einem Zusammenstoß mit Astrid.

«Wollen Sie Ihren Kaffee nicht mehr und die Brötchen?»

«Später», rief Toppe und war schon auf der Treppe.

«Was ist denn so eilig?», fragte sie Breitenegger.

Er erzählte es ihr, während er den lauwarmen Kaffee schlürfte.

«Eine eigene Kaffeemaschine hier wäre gar nicht schlecht», überlegte er. «Was trinken Sie denn da?»

«Pfefferminztee. Kaffee ist viel zu ungesund.»

«Wieso, haben Sie Probleme mit dem Kreislauf?»

«Nein, gar nicht, aber man muss sich ja nicht unnötig solche Gifte zuführen», antwortete sie und zündete sich die Zigarette an, die sie gerade gedreht hatte.

Mit ein wenig Mühe verkniff sich Breitenegger das Lachen.

Obwohl es erst elf Uhr war, war das Café bis auf den letzten Platz besetzt. Zum größten Teil von Holländern, die ihre Wochenendeinkäufe erledigt hatten. Die Serviererinnen hatten alle Hände voll zu tun, und es dauerte eine ganze Weile, bis Toppe mit ihnen reden konnte. Er hatte kein Glück, keine konnte sich an die beiden Männer erinnern. Das war nicht weiter verwunderlich, die Frauen hatten schlicht keine Zeit, sich die Gesichter der Kunden anzusehen.

Im Büro waren Breitenegger, van Gemmern und Astrid in ein lebhaftes Gespräch vertieft.

«Doch echt, das hilft gegen Ameisen», sagte Astrid gerade. «Es gibt da noch eine ganze Menge solcher Tricks. Diese ganzen chemischen Keulen sind total überflüssig.»

«Ist heute Gartentag oder so was?», fragte Toppe mokant. «Ach», stellte er dann fest, «Sie haben sich die Zettel noch einmal angeguckt.»

«Genau, und dieser hier muss von jemandem sein, der Ahnung hat und einigermaßen umweltbewusst ist.»

Sie tippte mit dem Finger auf den Zettel: «Lavendel gegen Ameisen.»

Toppe hatte nie wieder einen Blick darauf geworfen, aber jetzt sprangen ihm die Buchstaben geradezu ins Gesicht.

«Wartet mal», bemerkte er heiser und nahm den Zettel mit zu seinem Schreibtisch.

«Wo hatte ich das noch?» Er öffnete eine Schublade nach der anderen und suchte.

«Hier ist es ja!» Er nahm das Skript des Theaterstücks heraus und schlug es auf.

Die Regieanweisungen, Hermans' Handschrift – Lavendel gegen Ameisen.

«Mein Gott, das könnte tatsächlich stimmen!»

Keiner hatte etwas gesagt, alle starrten ihn an.

«Herr van Gemmern, kommen Sie doch mal.»

Was hatte der hier eigentlich zu suchen?

«Was glauben Sie, ist das nicht dieselbe Handschrift?»

Van Gemmern beugte sich über Toppes Schulter.

«Doch, das könnte gut sein. Ja, hier das große A und die Unterlängen. Sieht wirklich so aus. Soll ich ein graphologisches Gutachten machen lassen?»

«Was ist denn das?», fragten Astrid und Breitenegger wie aus einem Mund und beugten sich von der anderen Seite her über den Schreibtisch.

«Das ist das Skript von dem Theaterstück, das Hermans mit seinen Schülern aufführt, ‹Tango› von Mrozek. Und das hier sind die Regieanweisungen, die Hermans dazugeschrieben hat.»

«Das gibt's doch gar nicht!», rief Astrid aufgeregt.

«Nicht schlecht, Helmut.» Breitenegger grunzte beifällig. «Wenn das wirklich stimmt, dann haben wir ihn.»

«Van Gemmern, sitzt der Graphologe beim LKA?», fragte Toppe.

«Ja, aber wenn es so eilig ist, fahre ich selbst hin. Mit den Schuhen kommt Paul auch allein klar.»

«Das wäre gut. Wie lange wird es wohl dauern?»

«Mit etwas Glück so um die drei Stunden. Ich rufe mal an und sage denen, dass ich auf dem Weg zu ihnen bin.»

«Kann ich mitfahren, Herr Toppe? Ich war noch nie bei so etwas dabei», fragte Astrid beiläufig.

«Wenn Sie Lust haben. Obwohl, sehr aufregend wird das sicherlich nicht.»

«Sag das nicht, Helmut, sag das nicht», warf Breitenegger ein, und seine Augen glitzerten schelmisch.

Toppe nahm ihn gar nicht wahr.

«Wenn das stimmt, dann lade ich den heute noch vor. Heute noch, und wenn's mitten in der Nacht ist», murmelte er vor sich hin. «Und ich bin gespannt, wie er mir das erklären will.»

Neunzehn Toppe kam nicht zur Ruhe. Lustlos aß er etwas in der Kantine, saß dann im Büro, tat dieses und jenes, telefonierte mit dem Chef und mit Dr. Stein, aber alles ohne innere Beteiligung – er wartete.

Breitenegger blieb still in seiner Sorge um Franz-Josef. Er holte das getippte Tonbandprotokoll bei der Sekretärin ab, sortierte, machte andere Protokolle fertig für die Unterschrift. Er wartete ebenfalls – auf den Anruf seiner Frau.

Um 15 Uhr 10 klingelte das Telefon. Toppe sprang auf, aber Breitenegger war schneller.

«Breitenegger? ... Für dich.» Er schob Toppe den Apparat herüber.

«Astrid Steendijk hier. Herr Toppe? Es stimmt!» Sie klang aufgeregt wie ein Kind. «Es ist eindeutig Hermans' Handschrift auf dem Zettel. Wir machen uns jetzt auf den Weg zurück», sagte sie noch, aber Toppe hatte schon auf die Gabel gedrückt und wählte.

Er ließ es zehnmal klingeln. Keiner nahm ab.

«Was ist denn nun? Ist es Hermans' Handschrift?», fragte Breitenegger.

«Ja, der Zettel ist von Hermans. Aber bei dem meldet sich keiner. Verdammt.»

«Versuch's halt weiter.»

Toppe wählte wieder und wieder alle zehn Minuten, aber er hatte kein Glück.

Irgendwann kam leise Frau Breitenegger, den Dackel mit dem dick verbundenen Bein auf dem Arm. Breiteneggers Miene hellte sich auf. Für ihn war die Welt wieder in Ordnung.

Dann waren sie wieder allein mit dem Telefon.

Gabi Toppe rief an. Toppe musste sich zusammenreißen, um zu verstehen, worum es eigentlich ging. Sofia hatte sie für heute Abend zum Essen eingeladen – Lammkeule im Kräuterbett.

Nein, er könne nicht kommen, sie solle allein fahren oder die Keule auf morgen verschieben. Morgen könne er vielleicht. Gabi gab ein resigniertes Stöhnen von sich. Natürlich hatte sie recht. Wie lange hatten sie nicht miteinander geredet?

«Ich lieb dich», sagte er und legte auf.

Um kurz vor fünf kamen Ackermann und van Appeldorn.

Sie hatten die letzten Adimed-Schuhe überprüft. Berns würde noch einmal richtig arbeiten müssen, und das immer noch ohne van Gemmern.

Bei Hermans meldete sich noch immer keiner.

Breitenegger berichtete von den neuen Entwicklungen.

Toppe sagte nichts. Er wählte weiter stur alle zehn Minuten Hermans' Nummer.

Um zwanzig nach fünf kamen Astrid Steendijk und van Gemmern zurück.

«Na, ihr habt euch aber Zeit gelassen», frotzelte Breitenegger.

«Versuchen Sie mal um diese Uhrzeit, noch dazu an einem Freitag, aus Düsseldorf herauszukommen», antwortete van Gemmern schlicht und verschwand in seinem Labor.

Um 17 Uhr 50 nahm Frau Hermans ab. «Da haben Sie aber Glück. Wir sind erst vor einer Minute nach Hause gekommen.»

Glück, dachte Toppe.

«Hermans?»

«Ja, Toppe hier. Herr Hermans, es haben sich neue Aspekte ergeben. Ich muss Sie bitten, noch einmal zu uns zu kommen.»

«Wirklich? Wann?»

«Jetzt gleich, bitte.»

«Herr Toppe, ich habe morgen Geburtstag, und wir erwarten eine Reihe von Gästen. Es ist eine Menge vorzubereiten. Ich habe den ganzen Nachmittag eingekauft. Ich kann die Vorbereitungen unmöglich alle meiner Frau überlassen. Geht es nicht am Montag?»

«Nein, es tut mir leid, aber es muss sofort sein.»

Hermans sagte ein paar Sekunden lang gar nichts.

«Ist das eine Vorladung?»

«Ja.»

«Ich komme.»

Sie legten gleichzeitig auf.

Toppes Magen knurrte laut.

Hermans kam schnell. Er wirkte verschwitzt und erschöpft.

«Sie klangen so eilig, dass ich mir nicht die Zeit genommen habe, mich noch frisch zu machen», erklärte er. «Es ist eine Tortur, freitags einzukaufen.» Er schloss kurz die Augen und sammelte sich. «Gehen wir wieder ins Vernehmungszimmer?»

Toppe nickte. Er nahm nur den Zettel mit.

«Ja, Sie können das Gespräch mitschneiden», sagte Hermans, bevor Toppe fragen konnte. «Worum geht es denn diesmal? Was ist denn so dringend?»

Toppe legte ihm den Zettel hin – «Lavendel gegen Ameisen».

«Ist das Ihre Handschrift?»

Hermans riss die Augen auf. «Eindeutig. Wo haben Sie den denn her?»

«Der lag am Tatort. Gleich neben der Leiche.»

Hermans starrte ihn fassungslos an.

Genau darauf hatte Toppe gehofft. Er schwieg.

«Was?» Hermans' Stimme kiekste, dann hatte er sie wieder unter Kontrolle. «Soll das heißen …? Das kann doch nicht wahr sein! Sie glauben, ich hätte was mit dem Mord zu tun?»

Toppe zuckte die Achseln. «Das frage ich Sie.»

«Das ist doch nicht Ihr Ernst. Warum, um Himmels willen, sollte ich Arno Landmann umbringen?»

Jetzt hat er sich wieder in der Hand, dachte Toppe.

«Das möchte ich von Ihnen wissen.»

Hermans schüttelte lange den Kopf, versuchte zu verstehen.

«Der Zettel lag am Tatort, sagen Sie. Bei Welbers? Ja, das kann schon sein.»

«Kann es?»

«Natürlich, ich bin seit Jahren Kunde bei Welbers. Und diesen Zettel muss ich dort vor kurzem verloren haben. Warten Sie einen Augenblick, das muss, ja, das kann sogar am Mordtag gewesen sein. Jedenfalls irgendwann in der Zeit. Eine Kollegin hatte mir erzählt, dass man Lavendel pflanzen soll, wenn man im Garten Ärger mit Ameisen hat. Und wir haben eine Menge Ameisen in letzter Zeit. Ich habe mir das damals notiert.»

Er zog den Zettel zu sich heran. «Hier, das ist Papier aus der Schule. Ein paar Tage später bin ich dann zu Welbers gefahren und habe Lavendel gekauft. Das können Sie doch überprüfen. Frau Welbers wird sich sicher daran erinnern.»

«Wirkt das denn?»

«Was? Ich verstehe nicht ...»

«Hilft denn Lavendel gegen Ameisen?»

Hermans lachte. «O ja, das hilft tatsächlich. Ich habe es zunächst nicht geglaubt, aber doch, da scheint was dran zu sein.»

Toppe lehnte sich zurück.

«Wann, sagten Sie, haben Sie den Lavendel gekauft?»

Auch Hermans entspannte sich. «Da muss ich jetzt mal ganz in Ruhe überlegen. Das war an dem Tag, als ich den Zahnarzttermin hatte ... Das muss ein Mittwoch gewesen sein, denn der Arzt schimpfte noch, dass sein freier Nachmittag im Eimer war, weil sich die Termine so verschoben hatten. Ja, Mittwoch, dann war das wohl am 17. August, oder?»

Toppe reagierte nicht.

«Ist sonst noch etwas?» Hermans richtete sich wieder auf.

«Wo waren Sie am 18. August zwischen 19 und 20 Uhr?»

«Meine Güte, das weiß ich nicht mehr», antwortete Hermans müde. «Ich denke, ich war zu Hause und habe gearbeitet.»

«Kann das jemand bezeugen?»

«Nein, ich sagte doch schon, meine Familie war im Urlaub.»

«Haben Sie vielleicht mit einem Nachbarn gesprochen, mit jemandem telefoniert, hatten Sie Besuch?»

Hermans wurde ungeduldig. «Das kann alles durchaus sein, aber, wie gesagt, ich weiß es nicht mehr. Meine Abende waren ziemlich gleichförmig in den Ferienwochen. Ich hatte viel zu tun.»

Toppe wartete.

«Gibt es sonst noch etwas, Herr Toppe? Wie ich schon sagte, ich habe heute noch eine Menge zu erledigen.»

Toppe schüttelte den Kopf und sah Hermans interessiert an. «Nein, sonst ist nichts im Moment. Sie können gehen.»

Er fand seinen Ton selbst unpassend, aber es war ihm egal.

Hermans verabschiedete sich knapp, arrogant und fast beleidigt.

«Er ist Kunde bei Welbers», sagte Toppe resigniert und stellte das Tonbandgerät auf den Tisch.

«Wirklich?», fragte van Appeldorn. «Lass mal hören.» Sie lauschten dem kurzen Gespräch.

«Du hast ihn ganz schön aufgescheucht», bemerkte van Appeldorn zufrieden. «Heute redet der wie ein Buch.»

«Das ist ja wohl kein Wunder, wenn man plötzlich feststellt, dass man unter Mordverdacht steht, oder? Selbst wenn man mit dem Mord gar nichts zu tun hat», warf Astrid ein.

«Eben», bestätigte Toppe. «Vermutlich brauchen wir bei Welbers gar nicht nachzufragen, es wird schon stimmen, was er sagt.» Er klang immer noch niedergeschlagen. «Trotzdem – Herr Ackermann?»

«Klar, Chef, bin schon unterwegs.»

«Ackermann», rief van Appeldorn ihm hinterher. «Mach es diesmal ganz ausführlich, alle Details.»

«Klar doch», erwiderte Ackermann unwirsch.

«Ich kann mir nicht helfen», brach Breitenegger das allgemeine Schweigen. «Wo man hintritt, immer trifft man auf Hermans.»

«Stimmt», bestätigte Toppe. «Lasst uns die Sache doch mal durchspielen, rein hypothetisch. Im Juli treffen sich Landmann und Hermans, warum auch immer.»

«Landmann hat sich mit Hermans verabredet», warf Breitenegger ein.

«Richtig. Am 18. August hat Landmann einen zweiten Termin mit Hermans. Sie treffen sich bei Welbers, abends nach halb acht. Hermans ist Kunde bei Welbers und war noch am Tag vorher dort. Vielleicht hat er also sogar den Treffpunkt vorgeschlagen.»

«An diesem Abend schüttet es wie aus Eimern», merkte van Appeldorn an.

«Richtig. Der Regen wird so heftig, dass sich die beiden Männer in Welbers' Schuppen unterstellen. Vielleicht haben sie sich auch gleich dort getroffen. Allerdings hätten sie dann die ganze Zeit hinter der Tür gestanden, denn nur dort gab es Schuhspuren. Na ja, wer weiß, möglicherweise hat das Treffen nur kurz gedauert.»

«Dann nimmt Hermans plötzlich die Brechstange, die praktischerweise gleich neben der Tür steht, und zieht Landmann eins über den Schädel», fuhr van Appeldorn fort.

«Und Landmann», übernahm Toppe wieder, «hat überhaupt nicht damit gerechnet. Er fällt um und ist auf der Stelle tot. Und jetzt handelt Hermans ganz kühl. Ihm ist klar, dass es verdammt schwer ist, eine Leiche verschwinden zu lassen. Aber zumindest kann er Verwirrung stiften. Er versucht ein Rachemotiv zu konstruieren. Er nimmt einen der griffbereiten Säcke, zieht ihn Landmann über den Kopf und schlägt noch mehrmals zu. Vielleicht verliert er dabei seinen Notizzettel - Lavendel gegen Ameisen. Er nimmt die Brechstange mit und fährt weg. Irgendwann noch an dem Abend fällt ihm das Blut an seinen Schuhen auf, und er lässt sie verschwinden. Am nächsten Tag fährt er los und kauft sich neue. Aber er ist geizig und wählt die billigere Sorte. Ziemlich dumm übrigens, denn wenn er Adimed-2-Schuhe gehabt hätte, wären wir nie zu Jaspers gefahren und hätten herausgefunden, dass er sich dort neue Schuhe gekauft hat.»

«Hört sich alles ganz gut an», sagte Astrid. «Nur, wo ist das Motiv?»

«Das lassen wir im Moment einfach mal außen vor», antwortete van Appeldorn.

«Na, Rache ist es jedenfalls nicht», warf Breitenegger ein.

«Astrid», sagte Toppe auf einmal laut. «Wie war das noch mit dem Lehrer?»

«Was?» Sie verstand nicht.

«Ja, genau!» Van Appeldorn schlug sich gegen die Stirn. «Mensch, sind wir blöd!»

Astrid Steendijk sah von einem zum anderen. Man konnte fast hören, wie es in ihr arbeitete.

«Genau», murmelte sie, «die Moral oder besser Unmoral der Lehrer, davon hat Landmann gesprochen, und dann das mit den Abhängigen …»

«Könnte es sein, dass Hermans ein Techtelmechtel mit Landmanns Tochter hat?», fragte van Appeldorn.

Toppe sah ihn an. «Nein, nicht mit Sabine Landmann.»

«Wieso nicht?» Van Appeldorn grinste. «Stille Wasser sind bekanntlich tief.»

«Sie ist kein stilles Wasser», gab Toppe barsch zurück. «Sie ist einfach nicht so.»

«Was heißt das, sie ist einfach nicht so?»

«Sie ist ein Mädchen, ein Kumpeltyp, ein unbeschriebenes Blatt. So was merkt man doch.»

«Bist du dir sicher?», fragte van Appeldorn zweifelnd.

«Ja», antwortete Toppe bestimmt.

«Astrid, sagen Sie doch mal was», forderte van Appeldorn sie auf.

«Was soll ich sagen?», gab sie patzig zurück.

«Wie ist das denn so heute an der Schule? Läuft da schon mal was zwischen Lehrern und Schülerinnen?»

«Na ja, vorstellen kann ich mir das schon», überlegte sie. «Kribbelige Situationen gibt es genügend. Wir haben es, als wir so fünfzehn, sechzehn waren, zeitweise darauf angelegt, die jüngeren Lehrer aus dem Konzept zu bringen mit kurzen Röcken, engen T-Shirts und so.»

Sie unterbrach sich und warf van Appeldorn einen giftigen Blick zu, weil der ein anerkennendes Grunzen von sich gegeben hatte.

«Macho!», zischte sie und wandte sich an Toppe. «Das war alles mehr so Spielerei und Spaß. Aber wenn da einer drauf abfährt ... ja, vorstellen kann ich mir das.»

«Aber der Hermans ...» Toppe schüttelte zweifelnd den Kopf. «Das passt so gar nicht zu dem.»

«Möglich ist alles», gab Breitenegger zu bedenken. «Wie alt ist der Mann? Fünfundvierzig? Das ist doch gerade das rechte Alter für solche Eskapaden. Außerdem, hat jemand eine andere Idee?»

Keiner antwortete ihm.

«Gut.» Toppe stand auf. «Was sind unsere nächsten Schritte?»

«Die anderen Leute befragen, die mit Landmann bei diesem Tennisfest gesprochen haben», schlug Breitenegger vor.

«Ich würde erst einmal versuchen, ganz allgemein etwas über Hermans herauszufinden. Was macht der so privat? Wie ist er? Gibt es Hinweise auf Geschichten mit Schülerinnen?», sagte Astrid.

«Okay», nickte Toppe.

«Ich würde als Erstes mit Sabine Landmann reden», kam es von van Appeldorn. «Deine Meinung in allen Ehren, Helmut.»

«Ja, du hast sicher recht.»

Van Appeldorn verstand. «Wenn du willst, übernehme ich das. Und noch etwas sollten wir tun: Wir sollten bei Hermans eine Hausdurchsuchung nach den Schuhen und der Brechstange vornehmen.»

Toppe seufzte. «Na gut, aber lasst uns das in Ruhe mit dem Staatsanwalt besprechen. Ganz wohl ist mir nicht bei der Geschichte. Wir haben nicht einen konkreten Beweis. Und mir ist es schon immer gegen den Strich gegangen, jemandem nur aufgrund von Indizien die Hölle heißzumachen. Aber es gibt sicher Beweise, wir müssen sie nur finden. Meint ihr, es bringt etwas, wenn wir nach Zeugen suchen, die Hermans am 18. August in der Nähe des Tatorts gesehen haben?»

Breitenegger und van Appeldorn stöhnten laut.

«Du hast eine unangenehme Vorliebe für Massenbefragungen entwickelt, Helmut.» Breitenegger lachte. «Wie wäre es zunächst mal mit Hermans' Nachbarn? Die könnte man fragen, ob sie sich an etwas erinnern.»

«Ach, ich weiß nicht», wehrte Toppe ab.

«Ich glaube, du hast recht, Helmut», bestätigte van Appeldorn. «Wir sollten das alles mit Stein abklären. Wenn Hermans nicht unser Täter ist und wir so laut auf die Pauke hauen, dann hängt der uns mit Sicherheit was an. Man muss bedenken, der Mann ist Lehrer.»

«Gott segne unser aller Vorurteile», murmelte Astrid.

Zwanzig Dr. Stein war mit anderen wichtigen Dingen beschäftigt, wie er sagte. Wenn keine Verdunklungsgefahr bestünde, könne man sich doch am nächsten Morgen zusammensetzen und alles in Ruhe durchsprechen ...

Nein, Verdunklungsgefahr bestand wohl nicht.

So kam Toppe an diesem Abend doch noch zu einer Lammkeule, die im übrigen vorzüglich war. Auch der Wein war gut, und es hätte für alle ein schöner Abend werden können, wenn Toppe mehr bei der Sache gewesen wäre. So aber drängte er schon um elf zum Aufbruch. Keiner nahm es ihm übel.

«Gehen wir schlafen?» Gabi legte ihm die Arme um den Hals.

«Ja, geh du schon vor, ich komme gleich.»

Er ging ins dunkle Wohnzimmer und öffnete die Balkontür. Die Nachtluft war kühl und feucht, und vom gegenüberliegenden Feld wehte ein leichter Geruch von frischer Gülle herüber.

Er kam nicht zur Ruhe. Die Beschreibung, die Hermans von Landmann gegeben hatte, wollte so gar nicht zu dem Bild passen, das er sich selbst inzwischen von Landmann gemacht hatte. Er konnte sich einfach nicht vorstellen, dass Landmann einen privaten Kontakt ausgenutzt hatte, um die Noten seiner Tochter zu verbessern.

Auch die Vorstellung, dass Landmann anrief, um über alte Zeiten zu plaudern, stand in krassem Gegensatz zu Landmanns Verschlossenheit und Kühle, die alle anderen als typische Eigenschaften beschrieben hatten. Und er sollte sogar gefragt haben, ob Hermans, der doch ganz offensichtlich die Verbindungsgeschichte mittlerweile völlig ablehnte, mal mit zu einem Treffen käme.

Das passte alles hinten und vorn nicht zusammen.

Ob sie wohl über etwas ganz anderes geredet hatten, Landmann und Hermans? Über etwas, das Hermans auf gar keinen Fall preisgeben wollte?

Und was, wenn Hermans tatsächlich etwas mit einer Schülerin hatte? Mit Sabine Landmann ganz sicher nicht, das kam für ihn immer noch nicht infrage.

Er fror plötzlich und schloss schnell die Tür. Leise ging er im Zimmer auf und ab.

Nun gut, wenn es doch Sabine war, mit der er ein Verhältnis hatte, müsste Hermans schon ziemlich blöd sein, zu erwähnen, dass er mit Landmann über Sabine gesprochen hatte, oder?

Eine andere Schülerin dann?

Oder war es etwas ganz anderes gewesen, das Landmann gegen Hermans in der Hand hatte?

Erpressung? Nein, Landmann war kein Erpresser! Ein strenger Moralist, das ja, das passte. Richter über Gut und Böse, Richtig und Falsch, Integer oder Verkommen, doch, das passte gut.

Was genau hatte er gesagt über Abhängige?

Er musste morgen mit den Leuten reden, die bei diesem Gespräch auf dem Tennisfest dabei gewesen waren. Er wollte den genauen Wortlaut, gleich morgen früh.

Toppe seufzte. Nichts als Mutmaßungen und nirgendwo ein Beweis. Das Brecheisen und die Schuhe. Nein, es führte wohl kein Weg vorbei an der Hausdurchsuchung, obwohl er sich dagegen sträubte. So etwas war immer unangenehm für die Betroffenen, und Frau Hermans wirkte so nett, außerdem war sie schwanger.

Gabi öffnete leise die Tür. «Kommst du?»

Sie war nackt, und im dämmrigen Licht, das von der Straßenlaterne vor dem Fenster ins Zimmer fiel, wirkte ihre Haut weiß und kühl. Er fand sie immer noch schön. Sie war klein und kompakt, mit großen flachen Brüsten und breiten Hüften. Seit sie die Kinder geboren hatte, war sie überall runder geworden. Er mochte es gern.

«Ja, ich komme.» Er lächelte weich und strich ihr ganz leicht mit dem Finger über den Bauch.

Van Appeldorn stand am Fenster und stieß einen leisen Pfiff aus. «Da schau einer an!»

«Was gibt's denn?», fragte Toppe vom Schreibtisch her.

«Die Steendijk steigt aus van Gemmerns Auto.»

«Na und?»

Breitenegger war noch nicht da, auch Dr. Stein ließ noch auf sich warten.

Astrid Steendijk betrat das Büro mit einem strahlenden «Guten Morgen».

«Morgen. Wo bleibt denn van Gemmern?», wollte van Appeldorn wissen.

«Der musste noch kurz ins Labor.»

«Kennen Sie ihn schon länger?»

«Seit drei Tagen.»

«Aha.»

«Was aha? Ich bin erwachsen.»

«Das ist nicht zu übersehen», gab van Appeldorn anzüglich zurück.

Sie war während des Wortwechsels hochrot geworden und kurz davor zu explodieren, aber jetzt lächelte sie auf einmal honigsüß. «Neidisch?»

Van Appeldorn war sprachlos.

«Locker ausgepunktet», dachte Toppe und freute sich.

«Ihre Skrupel in allen Ehren, Herr Toppe», sagte Dr. Stein, «aber was glauben Sie, wie viele Kommissare mich bei einer solchen Indizienlage schon um einen Haftbefehl ersucht haben? Allein die Tatsache, dass der Zettel unmittelbar neben der Leiche lag! Nun, ich denke, das sind schon alles hinreichende Verdachtsmomente.»

«Also offene Ermittlung», stellte van Appeldorn fest.

«Definitiv», nickte Stein. «Schaffen Sie Beweise ran und noch mehr Indizien. Und die Hausdurchsuchung sollten Sie gleich vornehmen.»

«Nein», sagte Toppe entschieden, «nicht heute. Heute

hat Hermans Geburtstag. Er wird fünfundvierzig und hat jede Menge Gäste. Ich finde, wir sollten morgen früh um acht bei ihm auftauchen, wenn er noch so richtig übernächtigt ist. Möglicherweise ist ihm dann leichter beizukommen.»

«Ich geh davon aus, dass Sie uns beide dabeihaben wollen», ließ sich Paul Berns aus seiner Ecke vernehmen.

«Ja, natürlich», antwortete Toppe. «Wir treffen uns morgen um Punkt acht vor Hermans' Haus, alle.»

«Dann ham wer frei heute? Dat kann ich brauchen», freute sich Ackermann.

«Träum weiter, Ackermann», herrschte van Appeldorn ihn an. «Wir beide machen uns gleich auf den Weg. Wenn es dir recht ist, Helmut, würde ich mich gern ein bisschen umhören, Kollegen, der Rektor, Schüler, Eltern, Nachbarn. Darunter sind ein paar Leute, die ich kenne, sodass ich schon mal erste Anlaufstellen hätte.»

«Das ist prima. Und ich hake noch einmal bei den Leuten aus dem Tennisclub nach, die Astrid uns genannt hat.»

«Könnte ich wohl mitkommen, Herr Toppe?», bat Astrid.

«Ich weiß nicht.» Toppe zögerte. «Also gut, aber Sie müssen mir versprechen, dass Sie sich aus den Gesprächen völlig heraushalten und den Leuten bei ihren Erinnerungen nicht auf die Sprünge helfen. Glauben Sie, Sie schaffen das?»

«Ja, natürlich. Außerdem wissen die bestimmt gar

nicht, dass ich dieses Gespräch überhaupt mitgekriegt habe. Für mich ist das eine gute Übung. Wenn ich wirklich mal in dieser Stadt arbeiten sollte, muss ich mich daran gewöhnen, mit den Leuten, die ich privat kenne, auch beruflich umzugehen.»

«Ich frage mich die ganze Zeit schon, was so jemanden wie Sie eigentlich zu diesem Beruf gebracht hat», bemerkte Dr. Stein, aber Toppe unterbrach ihn.

«Was ist mit Sabine Landmann, Norbert?»

«Ach, gut, dass du mich erinnerst. Das Gespräch würde ich lieber hier führen. Ich telefoniere gleich mal und lade sie vor.»

Van Appeldorn hatte sich beeilen müssen, was ihm zuwider war, um pünktlich wieder im Präsidium zu sein, aber es war doch schon fünf nach vier, als er ins Büro kam.

Sabine Landmann wartete schon. Sie saß Breitenegger gegenüber am Schreibtisch und stand auf, als van Appeldorn auf sie zukam.

«Guten Tag, ich bin Sabine Landmann», sagte sie ihm offen ins Gesicht.

«Guten Tag, Sabine, wir haben heute Morgen miteinander telefoniert. Van Appeldorn.»

Sie nickte.

Er konnte plötzlich verstehen, was Toppe gemeint hatte.

«Ich würde mich gern mit Ihnen unterhalten, kommen Sie bitte mit?»

«Ja.»

«So, da wären wir.» Er hielt ihr die Tür auf. «Nehmen Sie doch Platz.»

Sie setzte sich und schaute ihn aufmerksam an. «Nehmen Sie das Gespräch auf Tonband auf?»

«Ja, wenn Sie einverstanden sind.»

«Klar, das macht mir nichts aus.»

«Einen Moment.» Er schaltete das Gerät ein und sprach die übliche Einleitung aufs Band.

«Stimmt das so?»

«Ja», nickte sie, und er merkte ihr an, dass sie jetzt doch ein wenig aufgeregt war. Ihre Wangen hatten sich gerötet, und sie faltete die Hände im Schoß.

«In ein paar Tagen haben Sie Ihren Auftritt, nicht wahr?», fragte van Appeldorn.

«Stimmt», antwortete sie überrascht. «Hat Ihnen Herr Toppe das erzählt?»

«Hm», bestätigte van Appeldorn schmunzelnd. «Und? Schon Lampenfieber?»

«Nö, kein bisschen. Aber vielleicht kommt das ja noch.»

«Also, ich habe so etwas zwar noch nie gemacht, aber ich wäre bestimmt jetzt schon aufgeregt.»

«Ach nein, ich nicht so.» Sie rutschte auf dem Stuhl hin und her. «Geht es um meinen Vater?»

«Nicht in erster Linie. Es tut mir übrigens leid, Sabine.»

«Dass mein Vater tot ist? Ja, danke. Ich habe das jetzt schon so oft gesagt. Herzliches Beileid. Ja, danke. Aber irgendwie hab ich es immer noch nicht so richtig kapiert ... Aber vielleicht ... ich weiß nicht ... Er war immer so viel weg und sonst auch immer so für sich und so ...» Sie brach hilflos ab.

Van Appeldorn nickte. «Ich glaube, es dauert seine Zeit, bis man so etwas wirklich fassen kann. Aber vielleicht ist das ja auch ein ganz guter Schutz, nicht wahr?»

«Ja, vielleicht.»

«Tja, Sabine.» Van Appeldorn suchte nach Worten. «Es fällt mir ein bisschen schwer, einen Übergang zu finden. Eigentlich wollte ich mit Ihnen über Herrn Hermans sprechen.»

«Dr. Hermans?» Sie war völlig verblüfft. «Meinen Sie meinen Deutschlehrer? Über den wollen Sie mit mir reden? Warum denn?»

«Herr Hermans hatte persönliche Kontakte zu Ihrem Vater. Die beiden kannten sich seit vielen Jahren.»

Ihr Gesicht zeigte noch mehr Erstaunen, wenn das überhaupt möglich war.

«Mein Vater und Dr. Hermans? Nein, das kann gar nicht sein. Das müsste ich doch wissen.»

«Doch, Sabine, Herr Hermans hat uns das auch bestätigt.»

Sie schüttelte stumm den Kopf.

«Wir glauben, dass Herr Hermans sexuelle Beziehungen zu einer Schülerin hat.» Es fiel ihm nicht leicht, diesen Schuss abzufeuern und dabei in ihre blauen Augen zu sehen.

«Dr. Hermans? Wirklich? Zu wem denn?»

«Genau darüber wollte ich mit Ihnen reden.»

«Mit mir? Aber ich weiß davon gar nichts ... Der Hermans? Das hätte ich nie gedacht.»

Sie war zwar immer noch verblüfft, aber man merkte ihr an, dass sie die Geschichte allmählich spannend fand.

«Denken Sie mal nach. Gehen Sie im Geist Ihre Mitschülerinnen durch. Fällt Ihnen ein, wer es sein könnte?»

Sie schüttelte langsam den Kopf. «Nein, ich kann mir das überhaupt nicht vorstellen. Na ja, so ein bisschen verknallt ist man ja schon mal, aber da wird doch keine sexuelle Beziehung draus.»

«Wer ist denn in Hermans verknallt?»

«Oh, ich weiß nicht, im Moment eigentlich niemand. Als das mit der Theater-AG losging voriges Jahr, da war das ein bisschen so, aber jetzt nicht mehr. Jedenfalls reden wir nicht mehr darüber.»

«Wer war verknallt in ihn?», beharrte van Appeldorn.

«Och, eigentlich alle, die bei dem Stück mitspielen, die Mädchen, meine ich, Sandra, Katja und Amelie.»

«Und Sie.» Es war eine Feststellung.

Sie wurde über und über rot.

«Mensch, Sabine.» Er lächelte. «So etwas ist doch völlig normal. Geht uns doch allen manchmal so.»

«Ja, ich auch ein bisschen», stotterte sie, «aber eigentlich nur, weil er so tolle Sachen weiß und so ganz anders ist in der AG als im Unterricht, wie ein Freund oder so. Aber aus meiner Klasse? Nein, ich glaube nicht, dass es ein Mädchen aus meiner Klasse ist. Die haben ja auch fast alle einen festen Freund.»

«Was natürlich gar nichts heißt», dachte van Appeldorn, aber das behielt er lieber für sich.

«Wer hat denn keinen festen Freund?»

«Na, ich. Und Nicole, die hat, glaub ich, gerade Schluss gemacht. Das heißt aber nichts. Die machen alle drei Wochen Schluss, Kalle und Nicole, und nach zwei Tagen sind sie dann doch wieder zusammen.»

«Aber Sie haben keinen Freund im Augenblick?»

«Nicht im Augenblick, überhaupt nicht. Ich darf das noch nicht von zu Hause aus. Da gäb's richtig Ärger.»

«Und das macht Ihnen nichts aus?» Van Appeldorn war ehrlich erstaunt. Er hatte nicht gedacht, dass es heute noch so etwas gab. Obwohl, bei Landmann konnte er sich das vorstellen.

«Nö, nicht so viel. So ein richtig süßer Typ ist mir bis jetzt auch noch nicht über den Weg gelaufen. Aber wenn, dann würde ich schon versuchen, das zu Hause durchzusetzen, glaube ich.»

Van Appeldorn nickte. Jetzt, wo ihr Vater nicht mehr war, würde sie damit wohl weniger Probleme haben.

«Haben Sie Kontakt zu Mädchen aus anderen Klassen?»

«Wenig, man sieht sich eben in den Kursen. Aber ehrlich, Herr van Appeldorn, ich kenne keine, von der ich mir vorstellen könnte, dass sie etwas mit Dr. Hermans hat. Ich würd's echt sagen, wenn ich was wüsste. Aber ich kann ja mal rumhören.»

«Nein, darum wollte ich Sie bitten. Es wäre besser, wenn Sie noch mit keinem darüber sprechen würden.»

«Mit gar keinem?» Sie klang enttäuscht.

«Mit gar keinem», antwortete er nachdrücklich, «jedenfalls im Moment noch nicht.»

«Okay», sagte sie ernst, «ich versprech's, wenn Ihnen das so wichtig ist.»

«Danke, das ist nett.» Van Appeldorn lächelte. «Das wäre dann alles. Wenn Sie per Zufall etwas erfahren oder Ihnen doch noch etwas einfällt, dann rufen Sie mich an, ja? Wissen Sie, oft ist es nur eine Kleinigkeit, die man vergessen hat, weil sie nicht so wichtig schien, die uns aber weiterhelfen kann.»

«Ja», nickte sie, «ja, das stimmt wohl. Ich werde noch einmal in Ruhe nachdenken. Und wenn mir was einfällt, rufe ich Sie ganz bestimmt an.»

Es war nach neun, als alle endlich wieder im Büro waren und das Band abhören konnten.

«Ich verstehe jetzt übrigens, was du gemeint hast, Helmut», bemerkte van Appeldorn, als er das Gerät einschaltete.

Toppe registrierte, dass Astrid Steendijk, während sie zuhörte, ein paarmal verblüfft den Mund aufsperrte, und als das Band abgelaufen war, betrachtete sie van Appeldorn mit unverhohlenem Interesse.

Toppe hatte zum ersten Mal eine leise Ahnung, was Marion an van Appeldorn mochte.

Einundwanzig «Also, Sabine Landmann ist es dann wohl nicht», fasste Toppe zusammen.

Es war Samstag, der 4. September, der Morgen von Hermans' Geburtstag, und sie saßen im Büro und trugen die Ergebnisse des gestrigen Tages zusammen.

Van Appeldorn hatte die Füße auf den Schreibtisch gelegt und sah aus, als schliefe er.

«Nein, das glaube ich auch nicht», sagte Breitenegger. «Aber bist du denn sicher, dass es tatsächlich um eine sexuelle Geschichte geht? Was haben denn deine Gespräche mit den Tennisleuten gestern ergeben?»

«Das war wirklich interessant.» Toppe nahm zwei engbeschriebene Zettel zur Hand. «Wir waren bei drei Leuten, Herrn Gutmann, Herrn Aldering und Herrn Reintjes. Ich habe versucht, ihnen den genauen Wortlaut von Landmanns Äußerungen zu entlocken, aber an den konnten sie sich nicht erinnern. Einhellig haben sie jedoch die Situation so beschrieben wie Astrid. Es war wohl so, dass man sich über Jugendliche und Drogen unterhielt und darüber, dass der Drogenkonsum und auch der Drogenhandel an den Schulen immer mehr zunimmt. Irgendjemand brachte dann die Fürsorgepflicht der Lehrer ins Spiel. Alle drei sagten mir, dass Landmann sich bis dahin gar nicht geäußert hatte, aber dann habe er plötzlich verächtlich geschnaubt und gesagt, dass man von den Lehrern doch wohl kaum so etwas wie Fürsorge erwarten könne. Die seien doch selbst im höchsten Maße unmoralisch. Lehrer hätten doch ihre eigenen Triebe nicht unter Kontrolle, sie würden ja noch nicht einmal vor der Verführung Abhängiger zurückschrecken. Sie sagten alle, dass sie völlig erstaunt waren über diesen heftigen Ausbruch, dass Landmann in hohem Maße erregt war und man so etwas bei ihm noch nie erlebt hatte. So entstand dann auch die Gesprächspause, die Astrid uns geschildert hat. Alle haben Landmann wohl verblüfft angesehen, und Herr Gutmann hat dann schließlich gefragt, was er denn damit meine, aber Landmann habe nur abgewinkt und gesagt: ‹Lass mal, schon gut, aber fertig bin ich damit noch nicht.› Da habe man nicht weiter insistiert. Alle wussten übrigens sofort, wonach ich fragte, das heißt, die Situation war wohl wirklich bemerkenswert und auffällig.»

«Tja.» Van Appeldorn öffnete die Augen. «Wenn da mal nicht wirklich der Hase im Pfeffer liegt. Obwohl, zu dem, was wir bis jetzt so über Hermans gehört haben, will es nicht passen, dass er ein Verhältnis mit einer Schülerin haben soll.»

Er nahm die Füße vom Tisch. «Ackermann war bei Hermans' Chef, und ich habe mit einer Kollegin und einem Kollegen von Hermans gesprochen, die ich beide ganz gut kenne, wir kegeln zusammen.»

«Ich wusst ja ga' nich', dat du auch kegeln gehs'»!, rief Ackermann. «Wo denn?»

Bon

Buchhandlung Was ihr wollt
Münchener Str. 53
47249 Duisburg
0203 79 13 69
0203 79 13 72

Es bediente Sie: GS
Kassennummer 1   22.04.2021, 15:59:49
Belegnummer   677690

ISBN / Matchcode			
Anz.	Einzel €		Gesamt €

9783423282598; Abel: Stay away from
Gretchen
1,00   20,00 €   20,00 €

Summe	**20,00 €**
Gegeben	**20,00 €**
Rückgeld	**0,00 €**

enthält MwSt zu 7%   1,31 €
Nettobetrag   18,69 €

Zahlung: Bar

TSE Daten
Signatur   VVuQsRLmOmToLo/ehyjgUwKD5EBcYrS
                ZFnns+no6sYPOBpGIUTOazVvzli6sWpY
                OBTNa3Nhqmqih3nNuwMxVIQ==

Transaktionsnr. 10923
Start   22.04.2021 15:59:49
Ende   22.04.2021 15:59:49
Seriennummer   faa58b75edfc00b87o01bbc487df6105f2717a
                 13872900ad08da804435c16735
ClientID   Kassennummer 1
Signaturzähler   21841
Zeitformat   utcTime
Algorithmus   ecdsa-plain-SHA256
PublicKey   MFkwEwYHKoZIzj0CAQYIKoZIzj0DAQcD
                 QgAEF+P+mA3oTk3CKpsxUCSdk7wiuU
                 pgN2Wco5F36MgoA/0MjYPIzluSG3s5o
                 owK58mjLgBRN5xbgFFoo5ganw==

DE 18657143B

```
* *  Kundenbeleg  * *
     Buchhandlung
     "Was Ihr Wollt"
    Münchener Str. 53
     47249 Duisburg
       0203/791369


Datum:              22.04.2021
Uhrzeit:        15:59:47 Uhr
Beleg-Nr.                4122
Trace-Nr.              027615

         Kartenzahlung
           girocard

Nr.
##############9029 0000
VU-Nr.         455600207237
Genehmigungs-Nr.     102100
Terminal-ID         55571401
Pos-Info           00 055 00
AS-Zeit 22.04. 15:59 Uhr


Betrag EUR              20,00
```

Zahlung erfolgt

Bitte Beleg aufbewahren

Ich weise mein Kreditinstitut unwiderruflich an, bei Nichteinlösung der Lastschrift umseitiges Unternehmen sowie dessen Dienstleister auf Anforderung meinen Namen und meine Anschrift zur Geltendmachung der Forderung mitzuteilen. Bei von mir zu vertretenden Nichteinlösungen von Lastschriften verpflichte ich mich dadurch entstehende Kosten zu ersetzen.

(Unterschrift des/der Karteninhabers/in)

Datenschutzrechtliche Information

Wir erfassen Ihre Zahlungsinformationen (Kontonummer, Bankleitzahl, IBAN, Kartenverfalldatum und Kartenfolgenummer, Datum, Uhrzeit, Betrag, Terminalkennung, Standort des Terminals) zum Zweck der Zahlungsabwicklung, zur Kartenprüfung und zur Verhinderung von Kartenmissbrauch.
Wird bei der Teilnahme im Elektronischen Lastschriftverfahren (d.h. mit girocard und Unterschrift) eine Lastschrift von Ihrer Bank nicht eingelöst oder von Ihnen widerrufen (Rücklastschrift), wird dies in eine Sperrdatei eingetragen. Solange ein Sperreintrag besteht, ist eine Zahlung mit girocard und Unterschrift nicht möglich. Der Eintrag in der Sperrdatei wird gelöscht, sobald die Forderung vollständig beglichen wurde oder wenn Sie Rechte aus dem getätigten Kauf geltend machen (z.B. bei Sachmängel oder Rückgabe der Ware).

Erteilung einer Einzugsermächtigung und eines SEPA-Lastschriftmandats

Einzugsermächtigung

Ich ermächtige hiermit das umseitig genannte Unternehmen den umseitig ausgewiesenen Rechnungsbetrag von meinem Konto durch Lastschrift einzuziehen und verpflichte mich, für die notwendige Kontodeckung zu sorgen.

SEPA-Lastschriftmandat

Ich ermächtige hiermit das umseitig genannte Unternehmen, mit der umseitig genannten Gläubiger-ID sowie der umseitigen Mandats-Referenz (M-ID), den heute fälligen umseitigen Betrag von meinem umseitig

«Ackermann», presste van Appeldorn gequält hervor und sprach dann weiter: «Dr. Hermans, Oberstudienrat übrigens, scheint ein Arbeitstier zu sein. Beide Kollegen gebrauchten im Zusammenhang das Wort ‹ehrgeizig›. Er ist übrigens promovierter Germanist, außerdem Historiker, und wollte eigentlich gar nicht in den Schuldienst, sondern die Unilaufbahn einschlagen. Das hat aber nicht geklappt. Warum, weiß ich nicht. Vielleicht kannst du das herausfinden, Günther. Möglicherweise gibt es da ja Zusammenhänge mit Landmann.»

Breitenegger brummte zustimmend und machte sich eine Notiz.

«Hermans ist wohl seit Ewigkeiten scharf auf eine Direktorenstelle», berichtete van Appeldorn weiter, «aber die sind wohl dünn gesät. Zufällig wird im Dezember am Steingymnasium eine Direktorenstelle frei, und Hermans will die unbedingt haben. Die Kollegen meinen, er hätte wohl auch ganz gute Chancen, denn er hätte Supernoten und seit über einem halben Jahr für diese Rektorenprüfung geackert.»

«Bringt so eine Direktorenstelle eigentlich wesentlich mehr ein? Geld, meine ich», wollte Toppe wissen.

«A15, das ist schon ein bisschen mehr, aber nicht weltbewegend. Die Kollegin meinte, Hermans ginge es wohl nicht in erster Linie ums Geld, sondern eher um die Karriere. Warum fragst du?»

«Ich habe mir überlegt, wie der sein teures Haus abbezahlen will. Na ja, wer weiß, vielleicht hat er geerbt, oder seine Frau hat Geld.»

«Da werde ich nochmal nachhaken. Hermans' Kollegen bezeichnen ihn als karrieregeil, dabei aber nicht unsympathisch. Also nicht so, dass er dabei über Leichen ginge. Sie halten ihn beide für ganz kollegial, aber nicht besonders aufgeschlossen. Privat haben sie keinen Kontakt zu ihm, kennen auch keinen sonst im Kollegium, der mit Hermans befreundet ist.» Van Appeldorn hielt inne. «Wartet mal, was habe ich noch?»

Er blätterte in seinen Papieren. «Ja, ‹gewissenhaft›, ‹korrekt›, habe ich mir noch aufgeschrieben. Und er ist wohl nicht unbeliebt bei den Schülern, sagen die beiden. Er bemühe sich um ein partnerschaftliches Verhältnis zu den Schülern, das er aber auf einer eher kühlen und sachlichen Ebene halte. Von daher konnten sich die beiden auch überhaupt nicht vorstellen, dass er was mit einer Schülerin hat. Sie sagten mir, es wäre schon fast auffällig, dass er eigentlich niemals zweideutige Bemerkungen über Schülerinnen mache. Die Kollegin schilderte mir ...» Er machte eine Pause und grinste Astrid Steendijk an. «... dass die männlichen Kollegen sich in der Regel höchst eindeutig über die körperlichen Vorzüge der Schülerinnen äußerten und Spekulationen über deren Qualitäten im Bett anstellten.»

«Sodom und Gomorrha», fiel ihm Breitenegger ins Wort. «Und dorthin gibt man seine Kinder! Landmann hatte, scheint's, gar nicht so unrecht.»

Van Appeldorn schaute ihn verblüfft an. War das ernst gemeint?

«Wie auch immer», sagte er dann. «Hermans beteiligt sich wohl nie an diesen verwerflichen Spekulationen. Ein wahrer Ehrenmann. Tja, das war's erst mal. Vielleicht hat Ackermann ja noch was …»

«Hab ich», freute Ackermann sich. «Ich war nämlich bei dem Direktor von Hermans' Schule, dem Dr. Reinhard. Der sagt, dat der Hermans einer von den fähigsten Lehrer im ganzen Kollegium is', un' zwar in jede Beziehung, sagt er. Der sagt, wartet ma', hier steht et, ‹gewissenhaft, korrekt, fleißig, kooperativ›. War auch immer auf Fortbildung un' so. Außerdem is' Hermans außergewöhnlich gebildet un' intelligent, sagt er. Er, der Dr. Reinhard, hat dat auch alles in seine Beurteilung geschrieben un' …»

«Was für eine Beurteilung?», fragte Toppe.

«Hab ich auch gefragt», antwortete Ackermann stolz. «Für den Direktorposten. Da muss nämlich der Chef 'ne Beurteilung schreiben, sagt er. Also, der Doktor meint, Hermans würd' die Stelle wohl kriegen, soweit er dat beurteilen könnt, beonders jetz', wo er auch noch, ‹auf mein Anraten hin›, sagt er, inne Partei eingetreten is'. Da hat sich der Doktor natürlich besonders für verwendet, sagt er.»

«In die Partei eingetreten?», fragte Toppe. «In welche denn?»

«Na, bestimmt in die richtige», feixte van Appeldorn, «sonst hat er hier in Kleve keine Schnitte.»

«Ach was», winkte Toppe ab. «Hermans in der CDU, das kann ich mir beim besten Willen nicht vorstellen.»

«Is' aber wahr», sagte Ackermann. «Der Doktor hat et mir erzählt. Ich hab extra noch ma' gefragt, weil ich auch dacht, Hermans wär 'n Roter. So, wie der sich auf'm Tonband angehört hat, wa?»

«Da kann man mal sehen», sinnierte Toppe. «Der muss aber wirklich scharf auf die Stelle sein.»

Der Sonntag versprach tatsächlich mal ein warmer Tag zu werden.

Über den Donsbrüggener Wiesen lag der typische dünne Nebel, gerade so hoch, dass die Köpfe der Butterblumen noch herauslugten.

Toppe parkte seinen Wagen gegenüber von Hermans' Haus.

Zehn vor acht, die Straße lag wie ausgestorben.

Niederrheinischer Sonntag, erst um zehn vor zehn, wenn die Kirchenglocken zu läuten begannen, würden die ersten Leute aus ihren Häusern kommen.

Im Rückspiegel sah er ein Auto langsam heranrollen.

Van Appeldorn stieg aus, schloss leise die Wagentür und kam zu ihm herüber.

«Morgen. Hast du den Durchsuchungsbeschluss?»

«Sicher.» Toppe klopfte auf seine Jackentasche.

Ein drittes Auto näherte sich leise: Berns, van Gemmern und Astrid Steendijk.

Toppe nickte zufrieden. So wenig Aufsehen wie möglich, sie mussten ja nicht gleich die ganze Nachbarschaft aufscheuchen.

Er schaute zu Hermans' Haus hinüber. Die Rollläden waren hochgezogen, aber nichts rührte sich.

Wo blieb Ackermann?

In diesem Moment hörte man von hinten quietschende Reifen und einen röhrenden Motor.

«Dann kam Ackermann», bemerkte van Appeldorn trocken.

Es war ein Streifenwagen. Er parkte schwungvoll vor Toppes Auto ein, und ein fröhlicher Ackermann sprang pfeifend heraus.

Van Appeldorn und Toppe stiegen gleichzeitig aus.

«Du hast vergessen, Blaulicht und Sirene einzuschalten», knurrte van Appeldorn.

Toppe kochte vor Wut. «Was soll das, Ackermann? Sind Sie noch ganz gescheit?»

Ackermann zog den Kopf ein. «Meine Kiste is' gestern abend verreckt, un' da hab ich die hier geliehen für heut Morgen.»

«Sie fahren jetzt sofort um die nächste Ecke und stellen den Wagen dort ab, und zwar leise!»

«Geht klar, Chef, geht klar.»

Toppe atmete tief durch. «Na, dann», murmelte er und klingelte.

Ein Mädchen, ungefähr zehn Jahre alt, öffnete die Tür.

«Ja?», fragte sie und schaute ihn neugierig an.

«Guten Morgen, ich möchte bitte deinen Vater sprechen», sagte Toppe, so freundlich, wie es ihm im Moment möglich war.

«Judith, wer ist denn da?», rief Frau Hermans und kam aus der Küche in die Halle. Verwirrt, fast ein wenig erschrocken, schaute sie auf die Menschenansammlung vor ihrer Haustür.

«Ja?»

«Guten Morgen, Frau Hermans. Sie erinnern sich sicher, ich bin Hauptkommissar Toppe. Wir möchten Ihren Mann sprechen.»

«Der ... der ist beim Langlauf.»

Sie runzelte die Stirn. «Was ist denn los? Was wollen Sie von ihm?»

«Wir haben Hinweise darauf, dass Ihr Mann mit der Ermordung von Arno Landmann im Zusammenhang steht», antwortete Toppe vage.

Sie riss entgeistert die Augen auf. «Mein Mann? Sie müssen verrückt sein!»

«Wir werden jetzt eine Hausdurchsuchung vornehmen. Möchten Sie den Durchsuchungsbeschluss sehen?», griff van Appeldorn ein.

«Durchsuchungsbeschluss», flüsterte sie und schüttelte ungläubig den Kopf. «Ich träume das alles nur ...» Dann gab sie sich einen Ruck. «Ja, natürlich will ich den sehen!»

Selbstverständlich suchten sie in erster Linie nach der Tatwaffe und den Turnschuhen, nach blutiger Kleidung möglicherweise auch. Aber es mochte auch noch andere Hinweise auf die Tat und das Motiv geben, an die sie noch gar nicht gedacht hatten.

Toppe fand sich in Hermans' Arbeitszimmer unter dem Dach wieder. Ein wunderschöner hoher Raum mit Balken und einem großen Giebelfenster. An beiden Längsseiten standen offene Bücherregale aus Kiefernholz. Toppe ging an den Buchreihen entlang, viele

Theaterstücke, viel Literatur über das Theater, Bücher über Sport, dazwischen irgendwo auch «The Loneliness of the Long Distance Runner». An den Regalbrettern waren weiße Schildchen angebracht, sauber beschriftet. «Franz. Rev.», las Toppe, «1848» und auf der anderen Seite des Zimmers «Belletristik», «Lyrik», «Klassik».

Auch Hermans hatte schöne Gesamtausgaben der Klassiker. Toppe schaute genauer hin. Ein kompletter Goethe, Kleist, auch hier Nietzsche und auch hier kein Schiller. Welch bemerkenswerter Zufall.

Er drehte sich um und nahm die Atmosphäre in sich auf.

Eine schwindsüchtige Morgensonne warf ihr fahles Licht auf einen alten Bauerntisch, der vor dem Giebelfenster stand, Hermans' Schreibtisch. Ordentlich gestapelte Hefte, Klassenarbeiten, Fachbücher mit Zettelchen darin, ein Tischkalender. Toppe blätterte ihn oberflächlich durch: 14. Juli – nichts. 18. August – nichts. Er steckte ihn ein.

Auf der Schreibtischunterlage lag ein kleines, offensichtlich selbstgebasteltes Album. «Happy Birthday» stand auf dem Umschlag, jeder Buchstabe in einer anderen Farbe gemalt. Innen vier Fotos, eines von Frau Hermans, eins von dem Mädchen, das die Tür geöffnet hatte. Auf der nächsten Doppelseite links die Aufnahme eines Jungen, der nicht viel älter sein konnte als das Mädchen, und rechts ein Ultraschallfoto, für Toppe ein Buch mit sieben Siegeln.

Er öffnete die einzige Schublade in der Mitte des Tisches. Alles ganz ordentlich, Papiertaschentücher, ein Lineal, Büroklammern, drei abgelaufene Lehrerkalender, die er herausnahm, ein Päckchen Traubenzucker, Kondome. Kondome? Die waren doch wohl im Moment überflüssig. Toppe nahm das Päckchen heraus, es fehlten zwei. Interessant, aber vielleicht hatte er die ja schon länger. Schreibmaschinenpapier, ein leeres Ringbuch, ein Locher. Das war alles. Keine Briefe, keine persönliche Zeile.

Unten im Haus kam es zu einem lauten Wortwechsel, dann hörte er Schritte auf der Treppe.

Hermans stieß die Tür auf.

Er war aschfahl im Gesicht und hatte beide Hände, zu Fäusten geballt, an seine nackten, dünnen Beine gepresst. Er trug Shorts, ein schweißgetränktes T-Shirt und ganz normale Puma-Schuhe.

«Was ist hier los?», stieß er zwischen den Zähnen hervor.

Er hatte immer noch keine Kontrolle über seine Hände.

«Guten Morgen, Herr Dr. Hermans», grüßte Toppe ruhig.

«Was ist hier los?», fragte Hermans wieder, diesmal viel lauter.

«Sie stehen unter Verdacht, Herrn Landmann getötet zu haben, Herr Hermans. Wir führen soeben eine Hausdurchsuchung durch.» Toppe blieb ganz kühl.

«Sind Sie wahnsinnig?»

«Nein.»

Stumm stand Hermans in der Tür und starrte Toppe an. Dann plötzlich, schon im Umdrehen, zischte er:

«Machen Sie Ihre verdammte Durchsuchung, und dann verschwinden Sie so schnell wie möglich.»

Toppe folgte ihm langsam. In diesem Zimmer würde er nichts finden. Möglichkeiten, ein Brecheisen oder ein Paar Schuhe zu verstecken, gab es hier nicht.

Die ganze Aktion dauerte fast bis elf Uhr.

Familie Hermans hatte, bis auf die Zeit, in der Berns und van Gemmern dort herumhantiert hatten, still und bleich in der Küche gesessen.

Toppe steckte den Kopf zur Tür herein. «Wir gehen jetzt. Vielen Dank für Ihr Verständnis», sagte er steif.

Keiner antwortete ihm, nur die beiden Kinder sahen ihn an.

Astrid Steendijk stand hinter ihm. «Na, dann.» Sie ging vor ihm her die Stufen hinunter.

«Gucken Sie mal, der Lavendel blüht immer noch», sagte sie leise und zeigte auf die kleinen Pflanzen an der Hausecke.

Toppe nickte nur.

Zweiundwanzig «Nichts haben wir gefunden, gar nichts.» Toppe klang wütend und deprimiert.

«Sie sollten den Mann vielleicht ein wenig härter anfassen, Herr Toppe», schlug Dr. Stein vor, aber Toppe winkte nur müde ab.

«Härte bringt bei dem gar nichts. Da würde er sich nur noch sicherer fühlen. Er weiß ganz genau, dass wir ihm nichts nachweisen können.» Er schüttelte den Kopf. «Ich weiß nicht, warum, aber ich bin mir ganz sicher, dass Hermans unser Täter ist.»

«Wir stochern einfach weiter in seinem Leben herum. Das setzt ihn vielleicht unter Druck.» Van Appeldorn gab sich gutgelaunt. «Günther, hast du herausgefunden, warum es damals nicht geklappt hat mit Hermans' Stellung an der Uni?»

«Ja, aber das ist für uns nicht von Belang. Es gab einfach keine freien Stellen zu dem Zeitpunkt.» Er drehte seine Pfeife zwischen den Fingern und betrachtete sie nachdenklich. «Ich glaube, ich höre auf zu rauchen», murmelte er.

Diese Nachricht hätte wohl zu jeder anderen Zeit zumindest Überraschung ausgelöst, aber heute ging keiner darauf ein. Vielleicht war sie nicht einmal gehört worden.

Die Tage zogen sich wie Kaugummi. Nichts brachte sie weiter.

Am Dienstag kam van Appeldorn mit neuen Informationen über Hermans: «Der Mann ist mit einer neugierigen Nachbarin gesegnet, Glück für uns. Wie es scheint, hat Frau Hermans Geld mit in die Ehe gebracht. ‹Die hat ganz schön wat anne Füße›, wie die Nachbarin es ausdrückte. Die Ehe gilt als glücklich. Besonders jetzt während der Schwangerschaft habe Hermans seine Frau geradezu auf Händen getragen. Hermans selbst kommt wohl aus besseren Kreisen. Sein Vater war Landarzt, sein Bruder ist Chef einer Kinderklinik in Freiburg, und seine Schwester hat in Köln einen Lehrstuhl für Physik.»

«Da blieb dem Hermans ja wohl nichts anderes übrig, als auch Karriere zu machen, nicht wahr?», überlegte Breitenegger.

«Ja», stimmte Toppe zu. «Diese Direktorenstelle ist wohl seine große Chance. Vielleicht die letzte, denn so ganz taufrisch ist Hermans ja nun auch nicht mehr.» Er stierte vor sich hin. «Und dann kommt Landmann daher und hat irgendetwas in der Hand, das ihm seine Chance vermasselt ...»

«Alles wunderbar, Helmut, ganz wunderbar», unterbrach Breitenegger ihn verbiestert, «aber leider reine Spekulation. Und außerdem, wegen so einer Sache bringt man doch keinen um.»

Toppe fühlte sich getroffen. «Hast du eine bessere Idee?»

«Nee, hab ich nicht.»

«Fang doch bitte wieder an zu rauchen, Günther», warf van Appeldorn ein.

«Den Teufel werd ich tun!» Breitenegger funkelte ihn an. «Ich sag euch eins: Irgendetwas haben wir übersehen. Irgendetwas, das hier drinsteht.»

Er klopfte mit der flachen Hand auf den Aktenstapel vor ihm. «Ihr könnt ja machen, was ihr wollt, aber ich, für mein Teil, ich fange noch einmal von vorn an. Die arbeite ich alle noch einmal durch.»

«Ja, tu das», antwortete Toppe nur.

Am Mittwoch rief das Einbruchsdezernat an. Man wollte sich erkundigen, wann man Ackermann denn endlich zurückbekäme. Sie erstickten in Arbeit, während Toppe doch schließlich nur den einen Fall ...

«Ackermann bleibt hier!», brüllte Toppe ins Telefon, aber er wusste, dass es dafür keine vernünftige Begründung gab. Ackermann war im Moment völlig überflüssig und fiel ihnen mit seiner guten Laune nur auf die Nerven.

«Damit dat Leben ma' wieder 'n bisskin rosiger aussieht: Ich lad euch alle ein für Sonntagmittag. Meine Frau hat Geburtstag, un' da machen wer 'n Fass auf.»

Keiner ging darauf ein, aber Ackermann ließ nicht locker, bis alle versprachen zu kommen. Nur Breitenegger lehnte höflich ab. Er würde wandern am Wochenende. Mehr sagte er nicht. Er wühlte sich noch immer durch die Akten und räumte seine kalte Pfeife von der einen Seite des Schreibtisches auf die andere.

Toppe wurde immer schweigsamer. Er hatte wieder

begonnen, an seinem Bart zu rupfen. Keiner traute sich mehr, ihn anzusprechen. Verbissen brütete er vor sich hin.

Astrid Steendijk bemühte sich, im Büro so leise und unauffällig wie möglich zu sein.

Meistens war sie sowieso mit van Appeldorn unterwegs und befragte Leute, die Hermans kannten.

Van Appeldorn hatte sich inzwischen darauf verlegt, die ganze Geschichte unter eher sportlichem Aspekt zu sehen. «Wirklich, Helmut, du musst dem Hermans einfach zugestehen, dass er die besseren Karten hat. Man kann eben nicht immer gewinnen.»

Er erntete nur einen bösen Blick.

Am Donnerstag rief der Chef an. Er wollte noch einmal auf seine guten Beziehungen nach Krefeld hinweisen und ob er denn nicht …

Toppe knallte den Hörer auf.

Am Samstag ging Toppe zur Generalprobe von «Tango», wenn er auch eigentlich nicht genau wusste, was er sich davon versprach. Er nahm Astrid mit.

Die Probe war in vollem Gange, als sie in die Aula kamen. Diesmal trugen die Darsteller Kostüme, die Kulissen waren aufgebaut, die Bühne ausgeleuchtet.

Keiner bemerkte die beiden Polizisten, im Zuschauerraum war es dunkel.

Sie probten dieselbe Szene, die Toppe beim ersten Mal gesehen hatte: Ala und Artur auf der Bühne. Man spürte die Nervosität der Schüler. Sie stolperten beide einige Male über ihren Text, und Ala verlor schließlich ganz den Faden.

Sie brach in Tränen aus, setzte sich auf den Bühnenrand und verbarg schluchzend ihr Gesicht in den Händen.

Hermans ging von seinem Platz am linken Bühnenrand schnell zu ihr herüber, hockte sich neben sie und legte ihr sacht die Hand auf die Schulter.

«Komm, Katja», sagte er. «Ich habe dir doch gesagt, dass es völlig normal ist, wenn bei der Generalprobe alles schiefgeht.»

Katja lehnte sich leicht nach hinten und rieb fast unmerklich ihre Schulter langsam an seiner Hand. Durch ihre schwarze Haarmähne schenkte sie ihm einen tiefen Blick.

Toppe räusperte sich laut. Hermans sah zu ihm hinüber, und zum ersten Mal entdeckte Toppe so etwas wie Erschrecken in seinem Blick.

«Katja ist sehr schön», bemerkte Astrid nachdenklich, als sie Toppe zum Präsidium zurückfuhr.

«Das ist sie in der Tat.» Mehr sagte er nicht.

Im Präsidium wartete der Staatsanwalt.

«Gut.» Toppes Stimme war fest. «Wir haben alles versucht. Wenn sich bis Montagmorgen nichts Neues ergibt, dann knöpfen wir uns Hermans noch einmal vor, diesmal zu zweit, Norbert und ich.»

«Und wenn dabei auch nichts herauskommt?», fragte van Appeldorn.

«Dann», Toppe sah Dr. Stein an, «dann werde ich aufgrund der Indizienlage einen Haftbefehl beantragen.»

Toppe hatte sich in seinen ungeliebten dunklen Anzug gezwängt.

Er kam sich außerordentlich deplatziert darin vor auf diesem Ackermann'schen Sommerfest. Aber was sollte er tun? Er wollte direkt von hier aus zu der Theateraufführung.

Ackermanns Haus lag gleich am Ortseingang von Kranenburg, und Toppe hatte eine langatmige Erklärung über sich ergehen lassen, dass dies eigentlich nicht Kranenburg sei, sondern Scheffenthum. Und es wäre ein Sakrileg, Ackermann als Kranenburger zu bezeichnen. Schließlich habe man hier sogar einen eigenen Schützenverein und überhaupt ...

Toppe lehnte sich an den großen Nussbaum und betrachtete die Szenerie.

Er waren wirklich alle gekommen, sogar Berns und van Gemmern, auch die Kollegen vom Einbruchsdezernat. Nur Breitenegger war dem Fest ferngeblieben, hatte aber einen Blumenstrauß an die «verehrte Gastgeberin» geschickt.

Es waren gut vierzig Leute da.

Ackermann strahlte und war der perfekte Gastgeber. Das Kind auf seinem Arm störte ihn dabei anscheinend nicht. Es war pummelig, in rosa Rüschen gehüllt und lachte jeden an. Auch Ackermanns Frau hatte sich heute für Rosa entschieden und ihre üppigen Formen in einem sommerlich dünnen Overall untergebracht.

Toppe mochte kaum hinsehen.

«Ackermann!», rief sie jetzt und kam über den

Rasen auf ihn zugewalzt. «Dein Chef hat nichts mehr zu trinken.»

Toppe setzte sein verbindlichstes Lächeln auf. «Danke, aber ich muss noch fahren.»

«Wenigstens ein Stücksken Kuchen und ein Kaffee.» Ihr holländischer Akzent war überwältigend.

«Gern, danke.» Toppe folgte ihr zu dem langen Biertisch auf der Terrasse.

«Macht ma' Platz für die Kommissar», rief sie und servierte ihm zwei Stücke Pflaumenkuchen mit einer ordentlichen Portion Schlagsahne.

Toppe liebte Pflaumenkuchen, aber heute war ihm überhaupt nicht danach. Unglücklich schaute er sich um.

Astrid Steendijk und van Gemmern saßen ihm gegenüber auf einer Hollywoodschaukel und redeten miteinander. «Was hat so jemanden wie dich eigentlich zu so einem Scheißjob gebracht?», hörte Toppe ihn fragen.

Van Appeldorn stand neben dem Fass, das Bierglas in der rechten Hand, wie immer, und beobachtete mit ausdruckslosem Gesicht Ackermann in Aktion.

Berns kam und tippte van Gemmern auf die Schulter. «Komm, wir haben noch im Labor zu tun.»

Toppe stand auf – noch drei Stunden – und schlenderte zurück zu dem schattigen Platz unter dem Nussbaum. Die ganze Zeit ließ ihn ein Gedanke nicht los.

«Herr Toppe?» Er schreckte hoch.

Astrid war leise an ihn herangetreten. «Es ist vielleicht Quatsch, aber ich werde die ganze Zeit einen

Gedanken nicht los: Wenn Sie ein Paar Schuhe unbedingt verschwinden lassen müssten, würden sie die dann einfach in die Mülltonne werfen?»

Er sah sie überrascht an, dann lächelte er.

«Ob Sie es glauben oder nicht, der gleiche Gedanke geht mir auch nicht aus dem Kopf. Vor allem, weil in Donsbrüggen die Müllabfuhr immer erst mittwochs kommt.»

«Wann haben Sie das denn rausgefunden?»

«Gestern.»

«Vergraben?», fragte sie.

«Ja», nickte er, «genau. Denken Sie dasselbe wie ich?»

«Der Lavendel.»

«Richtig. Der Zeitpunkt passt. Unauffällig ist es auch.»

Sie wechselten einen kurzen Blick.

«Jetzt sofort?», wollte sie wissen.

«Jetzt sofort», bestätigte er. «Aber so leise wie möglich und nur wir beide.»

«Weil es eigentlich eine verrückte Idee ist?»

«Ja, eine verrückte Idee, Astrid. Aber wenn zwei Leute dieselbe verrückte Idee haben, dann muss da, verdammt nochmal, was dran sein. Kommen Sie.»

Er hatte auf einmal so gute Laune, dass ihm selbst die anzüglichen Bemerkungen, die man ihnen nachrief, als sie zusammen verschwanden, nicht das Geringste ausmachten.

Dreiundzwanzig

«Keiner zu Hause», stellte Astrid fest.

Toppe sah auf seine Armbanduhr. Es war halb sechs. «Reichlich früh noch, aber wer weiß, vielleicht sind sie ja alle losgefahren, um bei den Vorbereitungen für die Aufführung zu helfen.»

Er stand unschlüssig auf der Treppe herum.

«Macht das denn was?», fragte Astrid.

«Nein, eigentlich nicht. Den Durchsuchungsbeschluss haben wir ja.»

In Astrids Augen blitzte es abenteuerlich. «Ich habe einen Klappspaten im Kofferraum.»

«Prima, dann mal los.»

Sie war in null Komma nichts zurück. «Irgendwo beim Lavendel.»

«Ja, aber soll nicht lieber ich ...?»

«Ach was, ich mach das schon.»

Für einen Moment fühlte Toppe sich wie ein alter Mann.

Vorsichtig schob sie den Spaten unter die Pflanze und hob sie an. «Sehr verwurzelt ist die noch nicht.»

Sie hob den Lavendelbusch sachte hoch und legte ihn zur Seite. Dann stieß sie den Spaten tief in die lockere Erde.

Die Schuhe lagen in knapp vierzig Zentimeter Tiefe.

Toppe hielt den Atem an, als Astrid zuerst den einen, dann den anderen erdverschmierten Adimed-Schuh hervorzog. Sie reichte sie ihm hinüber.

«Reine Intuition», murmelte sie vor sich hin, während sie sorgfältig das Loch wieder zuschaufelte und den Lavendel neu einpflanzte.

Toppe traute seinen Augen kaum. Mit spitzen Fingern hielt er die Schuhe an den Schnürsenkeln hoch und betrachtete sie.

«Mensch, Astrid.»

Die wischte sich die Hände an ihren Jeans ab und stemmte die Arme in die Seiten. «Dann mal los, Herr Toppe!» Sie grinste, und er merkte, dass sie doch ein bisschen stolz auf sich war.

«Mensch, Astrid, da haben wir beide aber den absoluten Riecher gehabt, was?»

Vorsichtig legte er seinen Schatz auf die Rückbank. Jetzt in aller Ruhe eins nach dem anderen.

Berns stöhnte gequält auf, als Toppe die Schuhe auf den Labortisch legte.

«Nicht noch ein Paar, bitte nicht, Toppe! Ich kann keine Schuhe mehr sehen, sicher die nächsten zehn Jahre nicht.»

«Das sind nicht irgendwelche Schuhe», triumphierte Toppe, «das sind *die* Schuhe.»

«Nein», sagte Berns.

«Doch», sagte Toppe.

«Echt wahr?» Van Gemmern kam aus seiner Ecke.

«Ja, und Astrid dürfen Sie auch gratulieren.»

Die beiden umarmten sich mit den Augen.

«Jetzt legt schon los», drängte Toppe. «Sind diese Flecken Landmanns Blut oder nicht? Wie lange werdet ihr brauchen?»

«Kommt darauf an», antwortete Berns gewichtig, «nicht ganz einfach. Eine Stunde vielleicht.»

«Eine halbe», unterbrach ihn van Gemmern und zog sich die Latexhandschuhe über.

Toppe nahm Astrid mit ins Büro.

«Ob ich schon mal ...?» Aber er hatte den Hörer schon in der Hand.

Selbstverständlich wollte Dr. Stein dabei sein – er wäre in einer halben Stunde da.

Sie warteten.

Zwanzig vor acht.

Toppe hielt es nicht länger aus. Er lief zum Labor zurück, Astrid folgte ihm auf dem Fuß.

«Und?», rief er, noch in der Tür.

«Gemach», winkte Berns ab, aber van Gemmern nickte ihm lächelnd zu. Er saß an der Schreibmaschine. «Alles klar.»

«Ja», schnitt Berns ihm das Wort ab. «An den Schuhen ist tatsächlich Landmanns Blut. Dieser Dr. Dämlack hat wohl versucht, es abzuwaschen. Ist ihm aber nicht gelungen, klar. Scheint er dann ja wohl auch selbst gemerkt zu haben.»

Toppe drehte sich wortlos um und lief ins Büro zurück.

Wo war Ackermanns Nummer?

Ackermann war selbst am Apparat.

«Ackermann!» Toppe sprach lauter als gewöhnlich. «Kommt sofort ins Büro, van Appeldorn und Sie. Wir haben den Beweis. Was? Ja, echt. Es eilt!»

Er legte auf und wählte Dr. Steins Nummer. Frau Stein war am Apparat, ihr Mann sei bereits auf dem Weg zu ihm.

Breitenegger, ob der auch dabei sein wollte?

Er ließ es achtmal klingeln, aber keiner nahm ab. Pech.

Wenn sie sich beeilten ... von Kranenburg bis hierher, Viertel nach acht, kurze Besprechung ... gegen Viertel vor neun konnten sie in der Schule sein.

Rechtzeitig zum zweiten Akt.

Ganz leise öffneten sie die Tür zur Aula. Sie bemühten sich, so wenig Aufmerksamkeit wie möglich zu erregen, was mit fünf Personen nicht ganz einfach war. Ein paar Zuschauer wandten sich zu ihnen um.

Toppe zögerte.

In der ersten Reihe, gleich links außen, entdeckte er Hermans' Hinterkopf. Neben ihm saßen seine Frau und die beiden Kinder.

Auf der Bühne standen der Junge, der den Artur spielte, drei weitere Jungen und Sabine Landmann.

«*Wieso? Das ist doch ganz einfach. Ich kann euch umbringen*», sagte Artur.

«*Ich verbiete dir ... Alles hat seine Grenzen.*» Das musste Stomil sein.

«Grenzen kann man überschreiten. Das habt doch ihr mir beigebracht. Herrschaft über Leben und Tod! Wie könnte es eine größere Macht geben? Eine einfache und doch geniale Entdeckung!»

Die Worte standen klar im Raum. Astrid und van Appeldorn sperrten den Mund auf und starrten Toppe an.

Der legte den Finger an die Lippen und machte sich leise auf den Weg nach vorn.

Noch bevor er Hermans erreicht hatte, drehte dieser sich um.

Sein Gesicht wurde aschfahl, in den Augen Erschrecken, dann Zweifel.

«Glaubt ihr denn vielleicht, ich würde mich auf etwas einlassen, wenn ich es nicht ausführen könnte?», fragte Artur.

Toppe blieb stehen und nickte, fast bedauernd.

Hermans senkte einen Augenblick den Kopf, dann beugte er sich zu seiner Frau hinüber und flüsterte ihr etwas zu.

«So einer wird immer recht behalten. Aber wir reden und reden, und die Zeit vergeht.»

Hermans stand auf und verließ ruhig und aufrecht den Saal.

«Edek, du mein gütiger Engel, bist du bereit?»

Sie standen sich im Foyer gegenüber.

Noch immer hatte keiner von beiden etwas gesagt.

Noch immer hatte Hermans nicht eine Spur Farbe im Gesicht.

Toppe hielt es nicht länger aus. «Wir haben Ihre Schuhe gefunden, Herr Hermans. Unter dem Lavendel.»

Hermans gab einen unartikulierten Laut von sich, dann plötzlich sackten seine Schultern nach vorn.

«Ich verhafte Sie wegen Mordes an Arno Landmann», begann Toppe und fuhr ganz automatisch fort: «Ich muss Sie darauf aufmerksam machen, dass Sie ...»

«Geschenkt», schnitt ihm Hermans das Wort ab.

Seine Stimme war, im Gegensatz zu seinem Äußeren, erstaunlich sicher. «Lassen Sie uns gehen.»

Langsam gingen sie zum Ausgang.

Hermans zögerte. «Wenn sich jemand um meine Frau und die Kinder kümmern könnte ...»

«Astrid, würden Sie das wohl übernehmen?» Toppes Blick ruhte weiter auf Hermans.

«Ja, natürlich, Herr Toppe», antwortete sie und ging zurück in die Aula.

Vierundwanzig Am Montag zündete Günther Breitenegger sorgfältig seine Pfeife an und las noch einmal das letzte Schriftstück, bevor er sich endgültig von dem Fall Landmann verabschiedete.

Tonbandprotokoll der Vernehmung von:
    Dr. Peter Hermans, geb. 4. September 1943
    wohnhaft: Kämpstraße 37 in Kleve-Donsbrüggen
    durch: Hauptkommissar Toppe (zeitw. Kommissar van Appeldorn)
    am 11. September 1988
    Beginn: 21 Uhr 30
    Ende: 22 Uhr 45

T: Sind Sie sicher, dass Sie wirklich keinen Anwalt wollen?
    H: Ja.
    T: Möchten Sie einen Kaffee?
    H: Nein.
    T: Das Gespräch kann aber länger dauern.
    H: Warum? Ich habe Ihnen gesagt, dass ich Landmann getötet habe. Das muss doch reichen.
    T: Nein, das reicht leider nicht. Wir brauchen den genauen Tathergang und Ihre Gründe für die Tat.

Pause

T: Herr Hermans?
 H: Ich möchte mit Ihnen allein sprechen.
 T: Norbert?
 v. A: Ich warte im Büro.
 T: Herr Hermans, warum haben Sie Landmann getötet?

Pause

T: Herr Hermans?
 H: Ich möchte nicht darüber sprechen.
 T: Katja ist ein schönes Mädchen, nicht wahr?

Pause

H: Ja.
 T: Wann hat das begonnen mit Ihnen beiden?
 H: Im April.
 T: Wie ist es dazu gekommen?
 H: (lacht) Wie es eben dazu kommt. Sie hat nicht lockergelassen, und irgendwann hatte ich wohl einen schwachen Tag.
 T: Sie haben mit ihr geschlafen?
 H: Ja.
 T: Wie oft?

Pause

T: Wie oft, Herr Hermans? Regelmäßig?

H: Nein, nicht regelmäßig. Oft. Ich habe nicht gezählt.

T: Sie haben Kondome benutzt.

H: Haben Sie mit Katja gesprochen?

T: Nein.

H: Ich will nicht, dass Sie mit ihr reden.

T: Das wird sich wohl leider nicht vermeiden lassen. Die Kondome lagen übrigens in Ihrem Schreibtisch.

H: Ach ja, natürlich. Noch ein Fehler. (lacht)

T: Wo haben Sie mit ihr geschlafen?

H: Im Wald.

T: Wo?

H: Zuerst immer am Treppkesweg, später dann haben wir jedes Mal eine andere Stelle gesucht.

T: Wie haben Sie sich verabredet?

H: Zettel.

T: In der Schule?

H: Ja.

T: Wusste Ihre Frau davon?

H: Nein.

T: Und in den Ferien? Wie haben Sie sich da verabredet?

H: Wir haben telefoniert. Meine Familie war ja in der Toskana.

T: Haben Sie sich in den Ferien häufiger getroffen als sonst?

H: Ja.

T: Wie oft?

H: Jeden Tag.

T: Warum haben Sie später den Treffpunkt immer geändert?

H: Man hat uns beobachtet.

T: Wer hat Sie beobachtet?

H: Das wissen Sie doch.

T: Herr Hermans, ich möchte, dass Sie es mir erzählen. Ich möchte mir ein Bild davon machen, was passiert ist.

Pause

T: Möchten Sie doch einen Kaffee?

H: Ich möchte einen Schnaps.

T: Gut.

Unterbrechung

T: Wer hat Sie beobachtet?

H: Arno Landmann.

T: Wie konnte das passieren?

H: Ich habe es gar nicht gemerkt. Er muss beim Joggen vom Trimmpfad abgebogen sein, und dabei hat er uns wohl entdeckt. Das war im Juli. Er rief mich an und sagte, er habe etwas mit mir zu besprechen und er wolle mich im Café Coenders treffen.

T: Haben Sie ihn nicht gefragt, worum es ging?

H: Ich wollte ihn gar nicht treffen und habe abgewinkt, aber er sagte (lacht): Es ist in deinem ureigenen Interesse, Che.

T: Und?

H: Wir haben uns getroffen. Arno hat nicht lange drum herumgeredet und sofort gesagt, dass er mich beobachtet hätte. Er wisse, dass ich ein Verhältnis mit einer Schülerin habe, noch dazu mit einer Minderjährigen. Er sagte, so etwas sei moralisch nicht zu verantworten und er dulde es nicht. Er sei entsetzt darüber, dass gerade ich mich so wenig unter Kontrolle habe, aber er gäbe mir eine Chance, die Geschichte sofort zu beenden. Dann wolle er davon absehen, die Sache an die Öffentlichkeit zu bringen.

T: Was haben Sie ihm geantwortet?

H: Nicht viel. Er hatte ja recht.

T: Er hatte recht?

H: Ja, natürlich. Das habe ich ihm auch gesagt. Und dass ich die Sache selbstverständlich sofort beenden würde.

T: Haben Sie die Sache beendet?

H: Ich habe es versucht.

T: Aber?

H: Aber es hat nicht geklappt.

T: Haben Sie Katja etwas gesagt?

H: Nichts von Arno, nur dass ich die Sache beenden wollte.

T: Und? Wo haben Sie es ihr erzählt? Wie hat sie reagiert?

H: Wir waren für denselben Tag verabredet. Ich habe ihr sofort gesagt, dass nun endgültig Schluss sein müsse mit uns. Es war übrigens nicht das erste Mal, dass ich ihr das sagte.

T: Wie hat sie reagiert?

H: Wie immer. Sie sagte, sie wolle mich behalten, wenigstens ein bisschen. Dann …

T: Ja?

H: Dann hat sie sich ausgezogen.

T: Und Sie haben wieder mit ihr geschlafen?

H: Ja.

T: Haben Sie sich danach weiter getroffen?

H: Ja.

T: Und Landmann hat sie wieder beobachtet?

H: Das muss wohl so gewesen sein.

T: Sie wissen es nicht?

H: Nein, nicht sicher. Ich weiß nicht, wann und wo. Aber er hat uns gesehen. Ich habe gesagt: Beweise es! Aber er meinte nur, das brauche er doch gar nicht.

T: Hat er sie wieder angerufen?

H: Ja, er hat mich mittags angerufen, wie ich es Ihnen erzählt habe. Und er hat mich zum Parkplatz am Trimmpfad in Schneppenbaum bestellt.

T: Was hat er genau gesagt?

H: Nur, dass ich kommen soll.

T: Was ist dann passiert?

H: Ich bin hingefahren. Er hat im Auto auf mich gewartet. Er war kühl und klar wie immer. Er hat vorgeschlagen, gemeinsam ein Stück zu laufen. Was hätte ich machen sollen?

T: Sie sind mit ihm gelaufen?

H: Ja, aber es hat angefangen zu regnen, und wir sind nur in einem kleinen Bogen an Welbers' Haus vorbei wieder in Richtung Parkplatz gelaufen.

T: Haben Sie sich währenddessen unterhalten?

H: Wenig. Er hat dann vorgeschlagen, sich in dem Schuppen unterzustellen. Die Tür stand offen, und bei Welbers war alles dunkel.

T: Das haben Sie registriert?

H: Ja, natürlich.

T: Waren Sie aufgeregt?

H: Nein, gar nicht. Ich habe ihm zugehört. Er hat keinen Zweifel an seinen Absichten gelassen. Während wir gelaufen sind, hatte er mir noch einmal den moralischen Aspekt erläutert.

T: War Landmann erregt?

H: Nein, wie ich gesagt habe, er war kühl und klar wie immer. Er hat alles sehr logisch begründet. Und er hat mir erzählt, dass Katja die beste Freundin seiner Tochter wäre. Er hat sogar gemeint, er wisse durchaus, dass Katja über gewisse körperliche Vorzüge verfüge ... verfüge, was für ein Wort! Aber gerade das sei ein Grund, sich ganz besonders streng zu kontrollieren.

T: Hat Landmann Ihnen gedroht?

H: Gedroht? Nein, so kann man es nicht ausdrücken. Als wir im Schuppen waren, sagte er, er habe mir nun seinen Standpunkt zur Genüge erläutert. Er hielte es für fair, mich über seine nächsten Schritte aufzuklären, damit ich meine Reaktion durchdenken könne. Er habe mir eine Chance gegeben, die ich leider nicht genutzt hätte. Wörtlich sagte er: Ich habe dich für intelligenter gehalten, Che.

T: Und?

H: Er könne es nicht verantworten, dass so einer wie ich weiterhin diesen Beruf ausübte.

T: Meine Güte ...

H: Und da ich offensichtlich zu schwach sei zu handeln, sei er gezwungen, mir die Entscheidung abzunehmen. Er hat mir die Schritte aufgezählt, die er als Nächstes tun wollte: Er wollte mit meinem Chef sprechen, dann mit Katjas Eltern und dafür sorgen, dass Anzeige gegen mich erstattet wurde.

T: Was haben Sie dazu gesagt?

H: Ich habe ihn gefragt, ob er nicht wenigstens auf die Anzeige verzichten könne. Aber das verneinte er entschieden. Er sagte, das hielte er für Heuchelei. So etwas müsse bis zur letzten Konsequenz durchgezogen werden, auch wenn es einem schwerfiele.

Pause

T: Und dann?

H: Dann sagte er: Ich werde morgen einen Termin mit deinem Chef machen. Richte dich also darauf ein.

T: Und was haben Sie dazu gesagt?

H: Nichts.

T: Was ist dann passiert?

H: Dann habe ich das Brecheisen genommen und zugeschlagen. Ich hatte keine Wahl.

T: Sie hatten keine Wahl?

H: Nein.

T: Warum hatten Sie keine Wahl?

H: Mein Gott! Ich will diese Direktorenstelle haben. Es ist meine letzte Chance. (lacht) Es war meine letzte Chance, sollte ich wohl sagen ... Arno hätte es getan, daran besteht kein Zweifel. Er hätte mich angezeigt, und ich wäre strafversetzt worden. Was hätte ich denn tun können? Noch einmal von vorn anfangen? In meinem Alter? Nein. Möglicherweise hätte man mir auch nur einen Verweis erteilt, schließlich habe ich sie nicht vergewaltigt, und sie ist schon siebzehn. Aber eine Beförderung wäre für immer ausgeschlossen gewesen. Und damit hätte ich weiterleben sollen? Nein. Und … Herr Toppe, ich liebe meine Frau, meine Kinder, ich liebe meine Familie, ich liebe sie wirklich. Wie hätte ich meiner Frau jemals wieder in die Augen sehen können? Was hätten meine Kinder von ihrem Vater gedacht, und was hätten sie sich anhören müssen? Nein, ich hatte keine Wahl.

T: Ich möchte, dass Sie mir die Tat ganz genau beschreiben, Herr Hermans. Jeden einzelnen Schritt.

H: Muss das wirklich sein?

T: Ja, das muss sein. Sollen wir eine Pause machen?

H: Bitte.

Unterbrechung

T: Gut, machen wir weiter.

H: Als Arno sagte, ich sei offensichtlich zu schwach, habe ich das Brecheisen entdeckt. Es stand neben der Tür an die Wand gelehnt. Ich habe gar nichts dabei gedacht, ich habe es einfach nur registriert. Und als er sagte, ich solle mich darauf einrichten, dass er mit meinem Chef spricht, da habe ich das Eisen genommen und es ihm mit ganzer Kraft auf den Kopf geschlagen.

Arno hat nichts gemerkt. Er ist sofort zu Boden gestürzt. Sein Schädel war offen, und es war alles voller Blut ...

T: Was haben Sie dann gemacht?

H: Ich weiß es nicht genau. Ich glaube, ich habe einfach nur dagestanden. Ich weiß nicht, wie lange. Ich habe immer nur gedacht: Du hattest keine Wahl, du hattest einfach keine andere Wahl. Dann habe ich die Säcke gesehen und gedacht: Jetzt bring es auch zu Ende. Verstehen Sie, es musste sich doch jetzt wenigstens alles so ändern, dass ich wieder eine Wahl habe. Und ich dachte immer nur: Behalte einen klaren Kopf, Peter, handele. Da habe ich ihm einen der Säcke über den Kopf gezogen und ihn so zugerichtet, dass es so aussehen musste, als hätte jemand Arno in blinder Wut getötet, ein Racheakt. Ich habe mich hinterher oft gefragt, was ich in dem Moment empfunden habe. Ich weiß es nicht. Ich kann mich nicht mehr erinnern. Ich weiß nur noch, dass ich wieder in meinem Auto saß und dachte: Du hast getan, was du konntest.

T: Haben Sie die Brechstange mitgenommen?

H: Ja, sie war voller Blut. Ich habe sie in meinen Pullover gewickelt und vor dem Beifahrersitz auf den Boden gelegt. Dann bin ich nach Griethausen an den Altrhein gefahren.

T: Nach Griethausen? So weit? Warum?

H: Ich weiß nicht. Ich habe es mir nicht überlegt. Vielleicht, weil man früher immer alles, was man loswerden wollte ... ich hatte einfach keine andere Idee. Ich bin direkt dorthin gefahren bis mitten auf die Brücke und habe das Brecheisen ins Wasser geworfen.

T: Hatten Sie keine Angst, dass Sie jemand beobachten könnte?

H: Nein, es regnete in Strömen, und es war mittlerweile fast dunkel. Nein, ich hatte keine Angst. Die ganze Zeit nicht.

T: Was haben Sie dann gemacht?

H: Ich bin nach Hause gefahren. Es war kein Problem, ich war ja allein. Als ich in der Halle stand, fiel mein Blick auf meine Hose und die Schuhe. Sie waren voller Blut. Auch der Pullover. Ich habe mich ausgezogen und geduscht. Dann habe ich meine Kleider in die Waschmaschine gesteckt und 90 Grad eingestellt. Ich wusste, dass sie das ruinieren würde. So hatte ich einen Grund, sie später in die Mülltonne zu werfen. (lacht) Strohwitwer machen so etwas ja manchmal, nicht wahr? Die Wäsche ruinieren, weil sie zu blöd sind. Nur die Schuhe. Zuerst habe ich versucht, sie abzuwaschen, aber das ging nicht. Dann fiel mir auch wieder ein, dass ich mal gelesen hatte, dass man auch abgewaschenes Blut nachweisen kann. Die Schuhe mussten also weg. Ich wusste, dass meine Fußabdrücke am Tatort zu finden waren. Sie waren der einzige Hinweis auf mich. Ich war sicher, dass ich keine Fingerabdrücke hinterlassen hatte.

T: Und dann sind Sie auf die Idee gekommen, die Schuhe zu vergraben.

H: Ja, der Lavendel stand noch in einem Kistchen hinter dem Haus. Ich hatte ihn eigentlich nachmittags pflanzen wollen. Aber nach Arnos Anruf war ich zu unruhig.

T: Und da haben Sie zum ersten Mal daran gedacht, ihn zu töten.

H: Ach, Herr Toppe, ich habe diesen Gedanken nie gefasst. Es entstand aus der Situation und der Tatsache, dass ich keine andere Wahl hatte. Nach dem Telefonat wusste ich noch nicht, wie ernst er es meinte.

T: Sie haben also den Lavendel gepflanzt.

H: Ja, ich habe ein Loch gegraben, die Schuhe hineingeworfen und den Lavendel obenauf gepflanzt. Ich war mir ganz sicher, dass das völlig unauffällig …

T: Haben Sie Katja danach noch einmal getroffen?

H: Nein.

T: Nein? Hat sie nicht versucht, Sie zu treffen?

H: Nein. Sie hat mich angerufen, in derselben Nacht, gegen ein Uhr, als ihre Eltern schliefen. Und ich habe ihr gesagt, dass es endgültig vorbei war mit uns. Ich könne nicht mehr. Sie …

T: Ja?

H: Sie sagte: Vielleicht, wenn das Baby erst da ist. Und ich sagte: Nie mehr. Dann habe ich aufgelegt.

T: Und seitdem hat sie nicht wieder versucht, Kontakt zu Ihnen aufzunehmen?

H: Doch, aber es macht mir nichts mehr aus … Herr Toppe, ich bin sehr müde.

T: Gut, machen wir Schluss für heute.

Geschlossen: Helmut Toppe (HK)

Persönlich gelesen und genehmigt:
Dr. Peter Hermans

Fünfundwanzig Die beiden Taucher vom THW waren durch ein langes Seil mit den Männern am Ufer verbunden. Zentimeter für Zentimeter suchten sie den Boden des Altrheins ab.

Diese Stelle hatte Hermans ihnen gezeigt. Hier hatte er die Brechstange ins Wasser geworfen, von der Griethausener Brücke aus, etwa in der Mitte.

Es war ein nebliger, grauer Morgen, und die Feuchtigkeit kroch einem in die Kleider.

Toppe vergrub seine Hände in den Hosentaschen.

«Astrid macht sich wirklich gut, nicht wahr? Vielleicht kann sie nach ihrer Prüfung ja bei uns anfangen. Wir könnten so jemanden gut gebrauchen.»

Van Appeldorn nickte nur und betrachtete stumm die bisherige Ausbeute der Tauchaktion: sieben Fahrräder, ein Mofa, zwei verrostete Fässer, neun Brechstangen in den unterschiedlichsten Stadien der Oxidation.

Berns würde begeistert sein.

Man hörte ein lautes Plätschern, und einer der beiden Taucher hastete ans Ufer, so schnell es seine Flossen erlaubten.

Er riss sich die Maske vom Gesicht und erbrach sich knapp vierzig Zentimeter neben Toppes linkem Fuß ins Gras.

«Was ist denn los?», fragte van Appeldorn. «Fleischrolle spezial gegessen?»

Der Mann schnappte nach Luft, dann wischte er sich mit dem Handrücken über den Mund.

«Da unten hängt einer fest», stammelte er. «In einem alten Kahn, und zwar schon länger.»

Toppe stöhnte laut. «Nicht schon wieder eine Leiche!»

«Und die hier dürfte noch schöner sein als die letzte.» Van Appeldorn grinste. «Hier gibt es nämlich Aale, Helmut, jede Menge Aale.»

Das für dieses Buch verwendete FSC®-zertifizierte Papier
Lux Cream liefert Stora Enso, Finnland.